瞎辦舊貨攤 1

斷尾虎爺

鄭宗弦 著

目錄

作者序

用舊貨掰出更好的自己

我生長在傳統的糕餅世家，從小就愛吃，也愛動手做料理，後來又著迷於研究食譜，因此在創作少兒文學這條路上，常選擇美食作為題材寫出了不少故事，其中最大手筆的作品，當屬長篇武俠美食少年小說《少年廚俠》。

在長年鑽研美食和故事的過程中，我發現「故事」具有神奇又強大的力量。

多年前我曾在電視上看過一個節目，一位高中女孩正準備聯考而熬夜讀書，她的父親為了給她打氣，每夜親手製作雞蛋牛奶布丁給她當宵夜食用，最後孩子順利考上了理想的學校。親友們無意間吃到這布丁，很是喜歡，便出錢請那位父親做給他們當點心，漸漸的變成一門生意，開發出獨特的布丁品牌行銷全臺，成為受歡迎的甜點。當時覺得這故事頗為溫馨，倒也沒有多想什麼。

事隔兩年，有朋友興致高昂的拿這款布丁來請我，他那熱情洋溢的神情，勾誘了我趕緊打開盒蓋吃上一口。忽然間，那些電視畫面浮現腦海，一股濃厚的父愛湧在心頭蕩漾，感覺嘴裡的布丁格外香甜滑嫩。

後來我拿它與別家產品相比，其實口味相差無幾，但是有故事的布丁，吃在嘴裡，暖在心裡，就是特別有滋味，難怪銷售業績蒸蒸日上。

相反的，我家樓下曾經開過一家牛肉麵店。開幕時，老闆在門口貼出一張大公告，上面用大字強調，他們絕不吹噓故事來宣傳產品，完全真材實料，用心燉煮，腳踏實地的提供美食，超高品質看得見、吃得到。我看了有些訝異，心想這樣反其道而行，是否真能異軍突起，獲得消費者的青睞呢？

他家的牛肉麵還算可口，一開始街坊鄰居好奇去消費，倒也高朋滿座，但吃過的人少有回頭客，一個星期後漸漸門可羅雀，最後不到兩個月就撐不過租金壓力，關門大吉。

我不禁感嘆，一家餐飲店如果沒有故事，本來沒什麼關係，顧客在消費時，對店家或老闆還能保有想像的空間、感動的可能。但是大張旗鼓的強調自己的店沒有故事，等於扼殺了顧客對它浪漫幻想的任何希望，也就斬斷了客人和商家的情感聯繫。有時人們對於故事的渴望，遠遠多於美食本身，因為在口腹之外，人們也渴望心靈能填滿「情感」的食糧，而對於一間沒有感覺的店，顧客是激不起熱情的。

這兩個完全相反的例子，對比出「故事的強大力量」。

又大概因為我家是糕餅店的關係，耳濡目染下，我從小喜歡欣賞古樸老舊的東西，除了家裡木雕的糕餅模具，我也喜歡竹編的謝籃、田埂邊長青苔的石雕土地公、阿公那把破了蓋子的紫砂壺、阿嬤冬日保暖用的湯婆子，甚至是倉庫裡，棄置的老梳妝臺下，一把生鏽的老柴刀。

相較於食物在短時間內被食用而消失，那些老東西由於長期被人們使用過，理所當然承載了許多「人」的氣息，比起美食應該更容易擁有動人的故事。因此，我在書寫美食小說之餘，也選擇用舊貨來說故事，用故事來行銷舊貨，也行銷情感與愛，讓故事不只可讀，還可供人情感交流，學習成長。

這便是《瞎掰舊貨攤》的創作緣起。

萬事起頭難，所幸我有一篇榮獲大墩文學獎的小說得獎作品〈財神爺〉（亦即第一章〈斷尾虎爺〉）。寫資本主義工商社會中，一位男性勞工失業後力圖振作的困境，可以作為帶動整套小說列車的火車頭。這個故事是我親眼所見，有感而發，就發生在二〇〇八年的金融海嘯期間。

我記得小時候常見到有人戴官帽、騎布馬，隻身闖進我家大門，乞求說：「好心的老闆，老闆娘，分一點錢給我，天公會保佑你賺大錢，長命富貴。」阿公會很自然給他幾個銅板，但是如果阿嬤在場，她會嚴厲的把人趕走，生氣的說：「你只要給了一次，就會沒完沒了。」

阿嬤從小是大地主家的千金小姐，阿公是白手起家的窮小子，自小喪父，寡母還是盲人，常常三餐不繼。他們對乞丐的態度因而天壤之別。

這些乞丐常在我開心看電視時，貿然闖進客廳，讓人錯愕、驚駭。我當時的反應是傾向阿嬤的，因為我也是在富足的環境成長。一直到我退伍之後，求職遭受挫折，又到了景氣變差的年代，身邊的朋友紛紛失業，我才體會到生活壓力艱鉅的慘況。因此我創作這一篇小說，述說他們的困境，描寫他們的掙扎。

基於這樣的心情，我陸陸續續寫出了許多舊貨的故事，並加上青少年主角夏志翔，以圍繞在他身邊的矛盾衝突貫穿起它們，打造出展現「故事力」的系列。

書中的議題包含了：家庭親子、夫妻感情、失業求職、失戀情傷、黑心商品、師生情、友情互勉、敬業樂群、族群的自我認同、土地正義、隔代教養祖孫情……，其中也有不少篇幅聚焦在青少年所關注的：正邪的抉擇、同儕背叛、偶像追逐、親子衝突、與人疏離等等切身的痛苦。

想想，一個人遭遇挫折時，往往有如巨石擋道而躊躇不前，開始懷疑存在的價值，常常想要放棄自己。我竭盡所能說出貼心的小故事，就是希望他們能被人了解，被人關懷，被人支持，因而願意鼓起勇氣，排除橫阻在生命路上的大石頭，重新出發。

另外，很開心的要跟喜歡《少年廚俠》的朋友宣布，書中還選入《少年廚俠》的前傳〈砲彈鋼刀〉，說的是林志達的先父林耀雄，年輕時與「瀟湘煙雨湘菜館」的少東魏興的敵友恩怨。

最後把焦點回歸到「自己」，讓我們一起共勉，去發掘並覺知到一個比平時更高心靈層次的「自己」，想像在「他」的關照下，你會惕勵自己精進，並努力扶助他人，朝那個更理想的「自己」邁進。

這更是我寫作這套《瞎掰舊貨攤》最大的心願。

推薦文

我們守護的溫暖，舊得剛剛好

文／知名作家黃秋芳

鄭宗弦在二〇一二到二〇一四年間寫的《瞎掰舊貨攤》，汲取溫暖療癒、奇幻怪譚和日系養分，藉由不可思議的舊貨店，穿透此時此地的「表面世界」，通過人、魔或其他存在的「共存空間」，以筆名「寺島言」在讀墨平臺出版了電子書。表相帶著日本風情的「寺島言」，內裡寄寓著深邃的東方古典：古「寺」孤懸在海外小「島」，宛如裊裊白煙般靜靜釋放的驚喜和感動，意在「言」中，看似與世隔絕，實則心懷眾生，為委屈吐不平，為幽淒勵人心，以旁觀之姿，替世人祈福。

後來，創作活力更加豐沛的年輕世代，以及播映平臺更加多元的影像改編，努力在時光長廊的老故事中，找出與當代接軌的文化嘗試，打造出屬於臺灣特有的時空魔幻，日常魔法，承繼歷史脈絡，從鄉野走入都市。就在這場文化覺醒和復甦的集體努力中，鄭宗弦的《瞎掰舊貨攤》電子書，於二〇一八年改版回復本名，形成這些舊貨故事第一次重新凝視的機會。

時間走著走著，直到世紀瘟疫，改變了熟悉的生活樣態，節制了人際互動的活絡，更讓人感傷的是，增添了太多生離死別的惆悵。唯一值得珍惜的是，這一、兩年間的心情痛挫和物質限縮，讓我們重新凝視對待「物」的態度與模式。在這樣的放慢、停留中，我們深刻感受，創造、採集、收納了各式各樣的「物」，同時也在各式各樣的珍惜、陳舊、捨棄中，聯結出更多複雜的記憶、情感和想像，在時空交錯中，展演出人與這個世界、與他人、與自己的奇幻旅程。

鄭宗弦對《瞎掰舊貨攤》的珍惜和守護，在創作十年後，終於以紙本書面目現身，深入第二次重新凝視的翻檢。適當的裁剪和翻新，注入「後疫情時代」的窘促和適應，和整個世界一起，對我們擁有、同時也相屬的「物」，放慢速度，細膩而深邃的看見溫潤和光澤，使得《瞎掰舊貨攤》的翻讀，像對古董舊貨的且琢且磨，在安靜中，閃現著閱讀的多元歡愉。

最先被撞擊的就是「**形音義的歧異暗示**」。作者精巧的命名和敘述，無論是人、地、時、物，透過過去的背景知識、母語的經驗聯想、聲音形色的起伏，鋪墊出比故事本身更多一點點的襯底。

這時，慢慢形成「**多層次的文學網絡**」。從「離我們很近的現實生活」出發，接引出「故事中的故事」，像枝葉輻射，不斷衍生出現實人間的艱難和困頓；就在這看起來「卡住了」的轉瞬，舊貨，成為「關鍵接點」，轉生出無限可能，更接近內心選擇，以及更多「不確定是不是更好、至少活得更安心」的未來。

隨著熟悉的人文舊物、常見的集體地景、鮮明的新聞暗示和日常的生活風情，我們的感受、聯想和思索，在倉促的翻新中，慢慢靠近溫暖的舊貨，交織出最後的閱讀魅惑：「**記憶的穿走**」，讓我們真切領略，所有值得守護的溫暖，全都舊得剛剛好。

推薦文

你看出瞎掰背後的「創造」與「同理」了嗎？

文／暢銷作家．爆文教練歐陽立中

先說個故事，在一九九一年，日本青森縣遭颱風襲擊，造成慘重災情。而你知道青森縣最知名的水果是什麼嗎？沒錯，就是蘋果。可當時蘋果園在颱風的襲捲下，蘋果不是被吹落摔爛，就是被水泡爛。殘存掛在枝上的蘋果，也是傷痕累累，就算拿去賣，也賣不出什麼好價錢。果農們束手無策，花了這麼多心血，難道就只能認賠了嗎？

我們先暫停一下，如果是你，你會用什麼方式幫果農把蘋果賣出去呢？

你可能想了各種方式：媒體宣傳、活動造勢、開發產品，但都需要額外的成本開銷。如果我告訴你，有個方法，不用成本，卻能提高商品售價。你想知道嗎？

我看見你點頭如搗蒜，好吧！告訴你，答案就是「故事行銷」。這也是近年來，全球風行的銷售方式，為產品說個好故事。許榮哲《故事課》說：「故事行銷就是合情合理的扭曲現實。」李洛克《故事行銷》進一步說：「故事行銷就是為事物附加心理價值，改變受眾原有的觀感。」不過很遺憾的，當多數人開始意識到故事行銷的重要時，都已經錯過了最有故事想像力的年紀：兒童時期。

好在，鄭宗弦老師寫出了《瞎掰舊貨攤》這部小說，我邊讀邊讚嘆：「這是最適合孩子培養故事行銷的神作啊！」沒有高深理論、沒有複雜數據，只有一連串的讓你讀到欲罷不能的故事。

故事說的是夏若迪失去工作，只好到舊貨市場擺攤，正苦惱如何推銷時，兒子夏志翔跳出來，為這些舊貨瞎掰故事，沒想到顧客聽得如痴如醉，紛紛掏錢買下舊貨商品。讀完這部小說，我認為可以培養孩子兩種能力：

第一種是「故事創造力」。創造力是孩子最珍貴的天賦。知名畫家畢卡索曾說：「我十四歲就能畫得跟拉斐爾一樣好，但我花了一輩子才讓自己像孩子那樣畫畫。」只可惜如果沒有適時引導，孩子創造力流失非常快。從《瞎掰舊貨攤》，你會讀到志翔如何創造故事，一個「茶葉罐」，他說起智文和盧師傅相知相惜的故事；一張不起眼的「塗鴉畫」，他說起鄭老師和調皮學生曉東的故事。以前你看茶壺是茶壺、搖椅是搖椅，但讀完這本小說，你會發現萬物有情，忍不住為萬物創造一個好故事。

第二種是「同理溝通力」。從商業角度看，為商品說故事是故事行銷。但鄭宗弦老師並不是只想讓孩子縱橫商場，他更希望孩子們知道，故事的背後是觀察、是同理、是溝通。小說表面上的主軸是賣東西，但如果你仔細閱讀，會發現很多故事，是在幫助當事人走出困局。像是原本想收贓款，跟同事同流合汙的男人，因為「茶葉罐」的故事，喚回了他對氣節的初衷；再像是本來一心想要對負心男友復仇的女子，因為「香爐」的故事，讓她領悟別把心力浪費在不值得的人身上。主角志翔說的故事，看似瞎掰，但實際上是他觀察客戶，同理客戶情緒，從中設計出來的隱喻故事。

回到一開頭蘋果的故事吧！後來有果農想到，將這些沒被打落的蘋果取名為「不落的蘋果」。他們用最精緻的禮盒包裝，蓋上「合格」的印章，每顆賣千日圓，結果銷售一空！你猜誰最買單？答案是當年的考生和家長，誰都希望自己能順利上榜，永不落榜啊！對，這就是故事的力量。讓我們的努力更有價值，也讓聽到故事的人勇敢前行。

第一話 斷尾虎爺

夏若迪先生原是旅行社的高階經理，高薪加分紅，趁著前幾年旅遊業發達時賺了好多錢，不僅出入開名車，還貸款鉅額在臺北買了房子。

他喜歡有歷史文化的老東西，曾經高價買了古玉和瓷瓶，後來經過鑑定全是贗品，害他損失慘重。於是他改逛舊貨攤，買些民藝品、老餐具、二手貨。這些舊東西價錢便宜，買起來得失心不大，因而收藏了好多，堆得滿屋子都是。

無奈一場新冠肺炎疫情席捲全球，病毒不斷突變，傳播力越來越強，導致數十億人感染後咳嗽、發燒、肺部積水，其中近千萬人死亡。各國為了防疫而封鎖城市，管制人員進出，甚至鎖國，禁止外國人入境，害得航空業和旅遊業大受打擊。

他被公司解僱，還負債千萬，只得賣房賣車，租間老屋，換臺破車，經濟狀況簡直是一敗塗地。雖然現在疫情已經趨緩，但想東山再起談何容易，除了上人力仲介網站投履歷表，還每天買報紙看求職欄，應徵卻處處碰壁，他和老婆江夢蝶從此愁眉苦臉，省儉度日。

他們的兒子夏志翔就讀高中三年級，從小沉迷閱讀，喜歡趴在窗臺沉思，賴在床上寫東西。他在週記上寫過「超人失戀尋短記」、「小丸子遊太空」、「卡夫卡今日不想變形」，內容非常精采，卻都是瞎掰的。

志翔的班導師曾打電話給夏若迪說：「你們要留意一下兒子的精神狀態，他好像常常脫離現實。」

夏若迪擔心的問：「老師指的是？」

「他寫的文章很夢幻，脫離現實生活太遠，我是怕他躲在自己封閉的世界，以後難以跟人溝通。」

「會不會影響他的成績，無法上大學？」

「上大學不是問題，不過希望他還是多讀課內的書，那些課外閒書，等上了『好的大學』再看也不遲。」

為此，夏若迪常告誡兒子要用功讀書，要重視功課成績，不要胡思亂想，做人要誠懇老實，但志翔依然故我。

江夢蝶卻認為兒子是難得的「寫作天才」，一直給他零用錢去買書。志翔的書塞滿了三個書櫃還不夠，床上角落、床底下、地板上，到處堆疊著跟膝蓋一樣高的書籍。還好，這些大多是舊書攤買的二手貨，不至於花太多錢。

江夢蝶看在眼裡，笑說：「一個收舊貨，一個收舊書，父子倆同一個模子印出來的。」

這一天夏若迪把報紙一丟，拿雞毛撢子給那些舊貨撢灰塵。

江夢蝶拿著電費帳單來找老公要錢，看見這一幕，以為他自暴自棄，不找工作了，便焦急的說：「你不去應徵工作，還有閒情逸致玩古物，真是玩物喪志。我看你乾脆把這些舊物賣掉，多少換一些錢回來，撐一陣子再說。」

夏若迪正撣著一尊斷了尾巴的虎爺，聽得十分刺耳，一時心煩氣惱，大聲回斥：「不可能！這些都是我的寶貝。」

夏志翔在房間看書聽見了，好奇的跑出來看。

「沒關係，我不管你，你只要能付得起帳單，就算你天天玩舊貨，我也沒意見。」江夢蝶不悅的把帳單往前一遞，「來，這個月電費一共一千五百六十元。」

夏若迪低頭往口袋裡掏，卻只掏出一張五百元和兩張百元鈔。

「不夠。」江夢蝶說。

夏若迪把口袋內裡拉出來，掉出一個十元硬幣。

江夢蝶撿起來，看見那個硬幣上居然被人鑽了一個洞。

她揶揄說：「沒錢就算了，竟然還是個破錢！」

志翔出面打圓場：「那應該是有人找錢時，故意混進去，可是爸爸疏忽沒看仔細，就收下了。是吧？」

夏若迪臉色一沉，冷冷的說：「你們母子都瞧不起我——」

「我不是那個意思，我只是擔心……」

江夢蝶話未說完，夏若迪就奪門而出，她望著老公消失的方向，難過的紅了眼眶。

志翔也很難過，因為爸爸誤解他的意思了。

他愣了半晌，拿走媽媽手中的硬幣，自顧自說起故事：

「有一枚普通的十元硬幣，不知被哪個調皮鬼鑽了洞，就位在人頭右耳邊，從後面的梅花透出來。」

江夢蝶錯愕的說：「你在嘀咕什麼？」

志翔指了眼前的斷尾虎爺，又挺出手中的十元硬幣，說：「我在說這隻虎爺和這個硬幣的故事。」

「這兩樣東西，有關係嗎？」

志翔彎起右手食指並握拳，再把硬幣放在食指節上，接著食指一彈，瞬間把硬幣往空中拋起……

◇ ◇ ◇

有一枚普通的十元硬幣，不知被哪個調皮鬼鑽了洞。那個洞就位在人頭的右耳邊，從後面的梅花透出來。

這麼個有瑕疵的硬幣，注定引起擁有者的關注。由於擔心拿來買東西容易遭到拒絕，人們反而想早早將它花用掉，免得吃虧，於是它就在市井間快速的流轉著……

有一天，一個太太午睡後拉著孩子進文昌廟。她在供桌上擺好丈夫預備參加地方特考的准考證影本，然後掏錢去買香。香是五十元，這枚有缺陷的硬幣自然是不好敬獻給神明，只好挑用其他的來湊數。

拜完文昌帝君，她去逛菜市場，總想找機會把這硬幣換成糖果餅乾給孩子吃，結果，老闆個個搖頭。這太太真後悔當初沒好好檢查，竟然收了一枚廢物。

進到巷子往家的方向走，孩子拉拉她的裙腳，手指前方，她看見一個衣衫藍縷的乞丐正窩在路邊打盹。

太太皺眉愣了一會兒，心想舉頭三尺有神明，為了幫助丈夫高中金榜，是該做點功德，於是掏出那枚硬幣交給孩子。

「鏘——」太太一點頭，硬幣就落進髒汙的不鏽鋼盆。

不遠處的菜市場旁正發生另一件事。

仁愛西藥房占地不下五十坪，玻璃牆面透出琳瑯滿目的保健藥品。老闆身穿潔白藥師袍展現專業，每當電動門打開，遠遠就見他鞠躬招呼。從老闆殷勤的笑臉可以看出生意不錯，果真一些阿公阿婆買了不少，瓶瓶罐罐往塑膠袋裡裝，千元鈔票在指尖滑舞。

這麼有錢的老闆，應該……

林炳昆低頭思索，手掌搓出微汗。他遠從沙鹿跑來臺中，已經觀察兩天，認定這是最好的開市地點，只是還缺乏那麼一點勇氣。

他的臉皮雖然薄，但要拉下來可真不容易。

他走回機車停放的地方，打起退堂鼓。

可是一切的器具皆已備妥，若是就這麼回家，怕是沒有再試一次的勇氣了。

那可不行，家用就快花光了，過幾天就沒錢吃飯，老婆那債主般難看的臉色，怎麼面對？暑假快結束了，兒子升上六年級，學費又該怎麼辦？

這麼一想，滿腔的無奈便化成一絲漂浮的勇氣。

他深深吸一口氣，提起背帶，套上肩膀，將覆蓋了紅布的東西反揹在胸前。

不對！

他猛然警覺，將東西都放下來，從置物箱中摸出三炷香，用打火機點燃，再摸出一個空盒子。

他的呼吸有點亂，心跳加速。他確實很緊張，以致於之前在腦海中演練的步驟都錯亂了。

他拉開紅布，將香插進香爐，再重複剛才揹物的動作。

拿起空盒時，白煙燻刺到眼睛，逼出眼淚，五官皺在一起。這樣也好，他想，反而有了面具遮掩。

「叮噹！」電動門打開，一股沁涼的冷氣襲來。

「歡迎……」老闆的話在半途凋萎，臉上驚異的表情凝結。只因一個壯碩的中年男子，拿了「賽錢箱」字樣的空奶粉罐，捧著虎爺神像矗立在面前，使他一時不知如何接待。

凍結了三秒，林炳昆終於開口：「神……神明保佑……好心的老闆賺大錢……請添點香油錢……」

老闆意會了，卻後退一步，翹起下巴，搖搖手，為難的說：「啊……這……抱歉，我們這裡沒有在給這個的……」

林炳昆嚥下一口唾沫，一陣暈眩，趕緊低頭退出門外。

他彷彿卸下沉重的木枷，慶幸解脫，卻又感到極度的羞愧，使他想逃，想躲。

炙熱的豔陽下，他很自然的躲進陰暗的巷子裡。視線頓時黑下來，眼力還沒適應，踉踉蹌蹌的，忽然一個腳步受阻，身子前撲，差點給絆倒。

「啊！」林炳昆沒看清，他勾到乞丐伸出來的小腿了。

乞丐睡夢中驚醒，唉唉叫了兩聲。

林炳昆這才明白，趕緊道歉：「抱歉，抱歉。」

乞丐揉揉腿，抬頭看他，驚喜大叫：「耶！我剛剛才夢到土地公，現在眼睛一打開馬上就看到虎爺，真是好兆頭啊！」

林炳昆想離開，乞丐卻拉住他說：「給我拜一下。」

說完就打躬作揖，唸唸有詞：「虎爺將軍保佑，拜託，拜託，讓我生意好一點。」

林炳昆又想走，乞丐說：「等一下。」

他蹲下來摸不鏽鋼盆，然後投了一枚硬幣進賽錢箱。

林炳昆走了兩步，覺得不妥，怎麼可以拿乞丐的錢呢？那不是比乞丐還不如？當初想到這個辦法，至少是用勞力和尊嚴去換錢，怎麼可以接受好手好腳卻不工作，懶惰乞丐的施捨呢？

他拿起硬幣，發現上頭鑽了一個洞，沒再想什麼，就轉身丟回盆子裡。

乞丐先是狐疑，隨即瞪著他大叫：「可惡！狗眼看人低！」

被乞丐罵成狗，林炳昆感覺今天真是倒楣透頂。

他垮著臉繞過菜市場，迴避那些好奇的眼光，找到機車收拾好東西，又把神像擺回腳踏墊上，開著腿騎回家。

另一頭，乞丐受了一肚子氣，發起牢騷。

「乞丐就不能捐香油錢嗎？真是瞧不起人。不要哪一天，土地公給我報明牌，讓我中了大樂透，你們這些有錢人都要跪下來給我磕頭。我一個一個討回來，一個一個討回來……」

說著，想找東西消氣，於是摸起硬幣走出巷子，往藥房去。

藥房邊屋簷下那個烤香腸的攤子，過了三點出來擺攤。

「老闆，一條香腸。」乞丐拿出銅板。

賣香腸的插起一條剛烤好的遞給他，收了錢，乞丐就轉身走人。

賣香腸的發覺硬幣有問題。

「啊……」他高舉右手，聲音一出，堵住了。「算了，一個乞丐。」

林炳昆騎在路上，心神不寧，回想剛剛才發生的，這一生最丟臉的事：被人無情的拒絕，還被乞丐辱罵。如果是以前月領高薪的林炳昆，一定激動的回罵，捍衛自己的尊嚴，但如今……

寄履歷去應徵工作，好不容易有幾家可以面試，得到的答案卻總是「請回家等候通知」，那意味著「回家吃自己吧」！

他的學歷不算差，五專畢業，可是人家看到履歷表上的年齡四十五歲，就會收起笑臉，嚴肅的向他點頭，什麼都不必再問了。

曾經無意間在路邊聽到老婆對舅媽發牢騷，「……每次我回家找不到阿昆都很緊張，趕緊騎車去溪邊尋，去公園找，心裡一直想，他會不會想不開喝農藥？或者是跳河自殺？」

老婆眼眶紅彤彤，舅媽同情的握住她的手嘆氣，一顆白花花的頭使勁的搖。他有一股衝動，想跑過去嚷嚷：「你們未免把我看得太沒有用了！」

其實，他不是沒想過「死」，那種漫無止盡的等待通知，與緊接著而來的焦慮、恐慌和絕望，像燙紅的鑽子一樣鑽人心肝。他承認在「結束自己的生命」這件事上他是「沒有用的人」，萬一沒成功，不是要被人笑死。

老婆又說：「幸虧祖先有留半分地下來，我多少種一些青菜，自己吃，也擺到黃昏市場去賣。但你也知道，那幾把菜可以賣多少錢？還不都是靠先前的遺散費。還有，我去阿明那裡幫忙剪檳榔，多少賺一些……」

年初的時候，兒子放完寒假要繳學費，加上兩個月的午餐費，不過三千多元，他拖了兩個星期才給。沒多久，兒子拿回一張單子叫他簽名，說以後的午餐費可以不用繳了，老師幫忙申請清寒補助。

他不敢簽，因為兒子低著頭，狠狠的瞪著地上，倒是老婆搶過去簽了……

這時，老婆的聲音又在腦中響起。「唉！我都不知道要怎麼做人了。半年多了，他每天愁眉苦臉不講話。好心問他，你工作找得怎麼樣？他就使性子，說我給他很大的壓力；好啦！久久都不去問他，他又嫌我不了解他的痛苦，不關心他，兩人又會吵架。我當然知道他的痛苦，可是他是一家之主，我沒錢買米，當然找他討啊！如果不是為了孩子，我都想說乾脆離婚算了……」

「叭——」

他剛經過一個路口，沒注意燈號轉換，差點被小貨車攔腰撞上，嚇出一身冷汗。

剛才的市中心這邊，有不同的戲碼在上演。

大熱天裡，香腸攤的生意不好，倒是手搖冷飲店門庭若市。

一位白襯衫打領帶跑保險的青年，買了十杯紅茶，正跨上機車要回公司。太渴了，他忍不住先喝自己的那杯，兩三口吸光光，冰涼暢快。

可是涼茶下肚，才想到中午跑客戶，一急忘了吃飯，胃裡悶悶的。他左看右看，看到「一條十元」的小牌子，是個香腸攤。

「老闆，來一條香腸！」

他心想：十杯紅茶是兩百元，處經理給的一千元找回八張一百，多花十元買香腸吃，應該沒關係。唉！自己上個月業績仍掛零，而人家月薪少說有三十萬。如果真問起來，就說自己喝的是波霸紅，一杯是三十元，處經理應該不會計較吧！

他得趕快買了吃掉，一群人還等著飲料開會呢！

他給了一張百元鈔，賣香腸的在錢袋子裡摸了一會兒，找他四個十元和一個五十。

他接過一把硬幣，數了一下，挑出一個說：「老闆，這個……」

「啊！抱歉啦！剛好剩這幾個。」

他把手收回來，想說區區一個硬幣算什麼？人家處經理可是有錢人呢！

於是，他吹吹香腸，趁熱吃下肚。

林炳昆越過濃密的芒果樹隧道，進入了村子，一時不敢進家門，繞到村尾公園內的老榕樹下發呆。

回想之前，他待的製鞋公司因全球景氣大衰退而關廠，到現在已經快一年，領到的遣散費不過十幾萬，要不是之前有存錢，老早就喝西北風了。他裁鞋底的技術老練，以前訂單滿滿時，趕工加班，一個月可以賺到四萬元，然而，工廠關閉之後，他就很難找到工作了。景氣太差，各地工廠裁員的一大堆，像他這樣沒工作的工人很多。

公園裡聚集了很多人，有打赤腳的，也有打領帶的，下棋的下棋，抽菸的抽菸，個個裝作若無其事，甚至裝瘋賣傻，其實心裡都在唉聲嘆氣。

有一次他看見有人跳進水池，撈出裡頭肥美的吳郭魚，當場就拿出瓦斯罐和爐子，在樹下煮魚湯吃。幾個人有樣學樣，紛紛下水，最後為了搶魚打架，驚動警察前來處理。他看到地上散落一堆魚骨，一陣心酸。

要做小生意嘛，不知賣什麼好，也沒本錢，去找誰借呢？也有朋友找他合作開連鎖飲料店，看準天氣熱，大家都想喝點涼的。可是知名店家的加盟金至少一百萬起跳，這得賺到民國幾年才能回本，而且聽說飲料市場很競爭，若是自創品牌，根本很難受到客人青睞。

雞排店、早餐店、滷味攤、豆花店、嫩仙草專賣店……，都是一樣的道理。

不行！再這樣耗下去是不行的，再這樣下去……

想來想去，林炳昆終於想到，床底下有一尊斷尾的虎爺神像，可以拿來用用。

那是很久很久以前大家樂流行時，很多人恭恭敬敬的立了神像，每日燒香磕頭求「明牌」，不是記錄夢境去聯想，就是觀察香爐理的香灰顏色和形狀，然後穿鑿附會出「中獎號碼」，花大筆錢下注。開獎後「損龜」了，損失慘重，便怪罪神明出錯明牌，進而破壞神像來洩憤，並丟棄到溪邊。他小時候到溪邊釣魚看見這尊落難神像，覺得漂亮，撿回來藏進床底，久了也忘了去理它。

前幾天，他在村子繞兩圈，撿了一個空的奶粉罐，用油性筆在上面寫上「賽錢箱」。又去撿回廢棄的木材，釘一釘，再綁上背帶，安上虎爺和香爐，完全免費。

可是現在，可惡啊！花了那麼多時間精力，又頗有創意的東西，竟然賺不到一毛錢，可真是嘔人。

不行！他不甘心，騎上車回到家。

「你跑去哪裡了？整天都沒看到人。啊，你帶這尊虎爺去哪裡了？」老婆從房裡出來怪罪的說。

「我在賺錢啦！別囉唆！」

他脫去汗衫、短褲和涼鞋，幾乎光著身子躲進門簾後。

他取來一塊小板子，又搜抽屜，找出兒子的水彩用品。

宏偉的辦公大樓內，做保險的那個青年雙手提飲料，奔入辦公室。

處經理拿到找回的錢，眉毛揚了一下。

「小李……」處經理發現錢數有異，還有那枚怪硬幣，但裝作鎮定無事。「趕快，開會了。你快去叫大家過來。」

小李很快召集人員，開始就個人的業務進度進行檢討。

會議才進行不到十分鐘，處經理的手機響了，他接起來。

「喂……」處經理望大家一眼，「你們等我一下。」

會議被迫中斷，處經理轉身講電話，但沒三十秒就掛斷。

「小李。」他說，「你不用開會了，你去幫我買燕窩。我老婆說，我丈母娘愛吃的燕窩罐頭吃完了。」

「好的。」小李站起來，「去哪裡買？」

「就你買飲料的對面，那一家藥房。」

「什麼牌子的？多少錢？」

「你就說要買一罐四百五的燕窩，老闆就知道了。你買一盒，有六罐，特價是兩千五百五。」處經理掏出錢包，拿出兩千塊和一張五百，又倒出剛才那些硬幣，看看五十元，又數十元的。「這個怪硬幣把它用掉，這裡有四十元，小李，你幫我出十塊錢。好了，繼續開會，我晚上還得陪林總吃飯應酬，快一點。」

「喔！」小李忍著委屈，伸手進口袋掏錢……

快六點了，藥房老闆送走客人，拉下一片窗簾，遮擋斜射的日光。

忽然，電動門又開了。

林炳昆再次站在門口，穿著應徵時的襯衫、領帶和皮鞋，捎捧著虎爺像。只不過虎爺的背後多了一塊白色的立牌，上面用紅顏料寫了三個字——「財神爺」。

這一回，他理直氣壯的說：「財神爺保佑，保佑好心的老闆賺大錢。」

他不是不到別的地方試試，而是在同一個人面前丟臉兩次，總比在兩個人面前丟臉好。所以他想，要個賴，如果能扳回一點裡子，總是賺到。他算準了，哪個生意人敢將財神爺趕走，那不是跟自己的「錢途」過不去？

老闆看了看，不耐煩的皺著眉心問：「虎爺也能當財神爺嗎？」

「我的虎爺是咬錢虎，當然是財神爺。」這是林炳昆回來的路上早先想好的說詞。

老闆癟著嘴，心想，總得把他打發走，可又不能讓他空手而回，免得又來騷擾。剛剛賣了兩千多元的燕窩，淨賺九百多，雖然收到一個有洞的怪硬幣。

對了！那個奇怪的十元在哪裡？剛剛還好奇的對著日光燈研究了一下。

他回到收銀臺，挑出那枚硬幣投入賽錢箱中。

「好了，好了，咬錢虎，就讓你咬去吧！我已經捐過香油錢了，就這麼一次，拜託不要再來了。好嗎？」

林炳昆十分欣喜，他成功了，雖然他知道不多，可是畢竟奏效了。他開市了，有一就有二，無三不成禮，他對將來燃起希望，心裡總算平衡不少。

「多謝老闆，多謝老闆，財神爺絕對保佑你賺大錢。」

林炳昆退出店外。

電動門關閉後，炭烤的香味撲來，林炳昆嘴巴裡感到一陣酸。沙鹿距離臺中來回近兩個小時的車程，這麼一折騰，竟到了晚餐時刻，肚子也咕咕叫起來。眼前不正好有一攤烤香腸嗎？

他欣慰的拿起硬幣，卻發現觸覺不對。他疑惑的送到眼前端詳。

咦？這枚硬幣好眼熟，似乎在哪裡看過。

「喔——」很快的，他想起來了。

可是在那一瞬間，他的臉紅燙得像燃燒的夕陽，腳底黏了膠，不知該怎麼邁出去。

「講完了。」志翔說。

江夢蝶愣愣的蹲下來，撿起沙發上的報紙。求職欄上滿滿都是紅筆畫的圈圈，她激動的說：「糟糕，我錯怪你爸爸了。」

「咳！」是夏若迪，他從半掩的大門後面站出來。

志翔轉頭望媽媽一眼。

江夢蝶一臉歉意，苦笑說：「我以為你離家出走了。」

「這是我的家，我為什麼要出走？」夏若迪亮出手上的鈔票說。「我是去車子裡拿錢，我記得裡面還有兩千元。拿去。」

江夢蝶收了錢，悠悠的說：「我剛剛在想，我不該把經濟重擔全賴給你，我也該出去賺點錢。」

「好啊！我沒意見。」夏若迪又說：「其實，我本來也打算把這些舊貨古物賣掉一些，所以才抽空清一清的。」

江夢蝶想了想，建議：「賣給回收商通常拿不到多少錢，不如去舊貨市場自己擺個攤子。」

「我也是這樣想，只是有一點捨不得。」

「爸，」志翔安慰他，「沒有什麼東西是永遠屬於誰的。」

「你厲害喔，有學問。」夏若迪點頭稱許。

「老公，你要升級當老闆了，恭喜你。」江夢蝶眨眼睛，似乎給自己臺階下。

「你呀！以後說話客氣點。」

「對不起嘛！」江夢蝶往老公身上靠，試著撒嬌。

夏若迪笑笑，捧起地上的虎爺說：「對了，志翔，剛剛你講了這隻虎爺的故事，你是從哪裡聽來的？」

志翔不好意思的搔搔後腦勺。「那是我自己瞎掰的。」

「啊？」夏若迪好意外，「不會吧！」

江夢蝶挺出大拇指，嗲聲的說：「我的好兒子，掰得真好。」

「哈哈哈！」

一場衝突就這麼化解了。

只是萬事起頭難，從來沒有做過生意的夏若迪，對於能不能順利的把這些舊貨賣出去，實在沒有把握。

由於夏若迪以前常常逛舊貨攤，因而認識了幾個攤子的老闆。他到處去打聽，幾天之後，終於在平日常去的一個舊貨市集，租了一個小攤位，並且把一些賣相較好的東西，用小轎車載到那裡去展示。

從一個旅行社的高級主管，變身為路邊攤的小販，夏若迪承認，內心著實需要一番心理建設。不過，還好舊貨這東西隨人喜好不同，某人視為垃圾的東西，對另一個人而言可能是無價之寶，所以不需大聲叫賣。

他特地選在週六開幕，心想假日人潮多，可以有個好的開始。如果第一天就有人買，開市了，那麼就是個好吉兆。可是萬一都沒人光顧，那麼他將會非常絕望。

一切都布置好了，他興奮又緊張，既期待又怕受傷害。

他忐忑不安，手心開始冒汗。

第二話

紫砂茶葉罐

夏若迪的舊貨攤在星期六開幕了，這附近有菜市場、辦公大樓和社區大樓，人潮很多，他興奮又緊張的期待顧客上門。

可是，有好幾次客人盯著某個東西，他主動告訴對方這東西有多好多好，還說了非常便宜的價錢，客人卻頭也不回的跑了，彷彿受到驚嚇。

他觀察附近的老闆，每個都靜靜等候，不是看報紙，就是聽收音機；而且他還注意到，除非是客人主動問價錢，他們才站起來回話。他開始跟著這樣做，果然不再嚇跑客人。

然而，這樣非常沒有成效。即使人潮很多，但逛的多，問的少，一整個上午都快過去了，什麼東西都沒賣出去。

想到未來，他又開始焦慮起來。

接近中午時，志翔跑來找他。

「爸，給我二十元，我要買原子筆。」

「你就愛亂寫東西，浪費墨水。」沒有生意，夏若迪很煩惱，兩手一攤。「今天還沒賣出東西，生意差到爆，你想要錢就自己賺。」

「什麼意思？」志翔不懂。

「你來幫忙賣東西，就有錢啦！」夏若迪半發牢騷的說。

「好啊！」志翔覺得有道理，爽快答應。

不久有個披西裝外套的男人，牽著一個漂亮的女生走過來，像是一對情侶。男人表情嚴肅，眉頭深鎖，一語不發，女生顯得有些不耐煩。

男人往攤子裡東看西看，卻心不在焉，女生說：「你上班時間把我找出來，卻什麼話都不說，你到底是怎樣？你再不說，我可要生氣了。」

男人抿抿脣，痛苦的哼出一口氣，「好吧！我老實跟你說。」

女生抬起頭，熱切期待著。

「他們要我一起拿建商的回扣。」男人閉起眼睛，輕聲的說。

女生的眼睛突然張得很大，聲音卻壓得很低：「建商的賄賂？要你故意在法規上放水，好給他們獲利？」

志翔手拿抹布，假裝在擦東西，耳朵卻豎起來，仔細聆聽。

「沒錯，如果只有我不拿，以後不但會被排擠，可能還會喪失升遷的機會，今年的考績恐怕要被打乙等了。」

「你是公務員，這可是圖利他人，又是貪汙。」

「我知道，不過這種模式行之有年了，不曾被舉發，倒也是各取所需，相安無事。」

「萬一東窗事發呢？」

「可是，美美，有了這筆錢，我就可以付房子的頭期款。你爸說，如果我想要娶你，最好先有房子……」

「如果你被抓去關，剩我一個人看家嗎？」

「你也知道現在房價那麼高啊！」

「哼！你……」

女生生氣不講話，男生也因此閉嘴了。

志翔拿起身邊一個紫砂茶葉罐，大聲問：「爸！這個茶葉罐是不是上次某縣長貪汙，被查到用來藏放贓款的那個罐子？」

夏若迪感到莫名其妙，不高興的說：「你在胡說八道什麼？」

「啊！錯了，我忘了，三十萬的贓款是放在一個鐵罐子裡。這個紫砂茶葉罐是製茶的盧師父，用來表明氣節的東西。」志翔自顧自的說。

那個男人聽到贓款，嚇得拉女友的手要離開。女生卻把他扯回來，問志翔：「這位小弟，你說表明氣節，那是什麼意思？」

志翔說：「這是製茶的盧師父留下的茶葉罐，至於氣節，那說來話長，有一段故事，你想要聽嗎？」

男人又拉女生想走，女生甩開，瞪他一眼，鄭重的對志翔說：「我、們、很、想、聽。」

看那個男生悶著氣卻不敢動，志翔緩緩的說：「那得先從上班族陳智文先生開始說起了……」

◇ ◇ ◇

陳智文喜歡飲茶，也嗜吃梅子，尤其是茶梅。

茶葉芬芳甘醇，梅子酸甜鹹澀，都是人間好滋味，而結合兩者的茶梅，更是錦上添花，多重享受。智文一向認為茶梅是藉高雅茶香妝點梅子的家常風味，使梅子雅俗共賞，世間沒有比它更巧妙的滋味了。

直到他幾番和盧師傅深談之後，漸漸有了不同的看法。

智文會認識盧師傅純屬偶然。

一次因公務出差而路過南投水里上安村，他看見路邊有一座觀光茶店，心中狐疑：「只知道鹿谷烏龍茶名滿天下，沒想到水里也產茶？」

他既然是愛茶人，當然下車一探究竟。

店內擺設與一般店家差不多，就是中間一張原木大茶桌，大約可供十人圍坐，架子上擺放一列列的包裝茶和幾個大茶桶，比較不同的是，另一側還陳列著梅子製成的蜜餞產品。

他看見茶罐標籤上印有「勝峰茶」三個字，頗感訝異。心想，是我孤陋寡聞了，不知臺灣茶業發展蓬勃，新品牌、新產品如雨後春筍，而我竟然都不知道。

「歡迎，請坐。」站在茶桌後面招呼他的是一位精壯黝黑的老闆。

見智文進門，老闆便放下手中閱讀的書本。智文偷瞄封面，是一本《金剛經》，不覺生出好奇。

老闆大約四十出頭，略微靦腆生澀的微笑，令他感受到鄉下人純樸真誠的情味。

陳智文說：「老闆，『勝峰茶』是新產品嗎？怎麼以前沒聽過。」

「說新不新，也有幾十年了。是政府這幾年輔導經營，才開始打出名號。」老闆說：「請喝喝看，我們的高山茶滋味不錯喔！」

說著，他已經熟練的為智文斟上一杯騰著白煙的香茶。

茶湯金黃如琥珀，一股暖暖的幽香鑽入智文的鼻竅，他輕搖下頷，吸取更多芬芳，並緩緩將那瓊漿玉液送入口中。

那茶味醇厚，甘中微苦，如林中幽泉順喉而下，輕快舒暢，隨後轉甜，一種蜂蜜似的回甘在舌根漂浮蕩漾。不過，另一股特殊的滋味隱隱潛伏，已然驚動他的味蕾。

「好茶，好茶。」他張大眼睛，點頭微笑，隨即又皺眉，輕聲說：「可是……」

「可是怎麼樣？」老闆驚訝的望著他。

「該怎麼說呢？」他低眉四顧，努力從腦海中搜尋妥當的詞彙。「一般在這種熱天裡，喝好茶能讓人感到淋過一場香浴，五臟六腑在溫熱的茶湯洗滌之後，會生出清涼感。可是我剛剛卻又嗅到一絲絲夏日閣樓裡的燠熱……」

原以為老闆會因此拉下臉，想不到卻是聽得興味盎然，連忙掏出葉底，泡上另一壺新茶，熱切的說：「試試這一泡。」

智文靜下心，重複先前的舉動，再次品嚐茶湯。

一入口，智文猛抬頭，興奮的說：「這是真正的好茶！」

老闆出其不意的站立起來，與他握手，笑得合不攏嘴，說：「抱歉，抱歉，我不是故意拿次級品來敷衍客人，那第一泡茶是烘焙時火氣過了一點，一般客人喝不出來。你是行家，失敬，失敬。」

第一次有人讚美自己是行家，使得智文陶陶然。他客氣回說：「沒有啦！我不過是很用心去體會罷了。」

「唉！如果每個喝茶人都像你這麼用心，我們做茶人再辛苦都值得了。」

「老闆，你的意思是……」

「我姓盧，就叫我盧師傅。我是個製茶人，不是生意人，不要叫我老闆了。」

「盧師傅。」智文點頭，彷彿重新認識一個人。

「你說的用心體會非常重要。臺灣茶藝這幾年蓬勃發展，茶葉消費量很高，一般喝茶人也很講究，追求高品質的高山茶。不過這種講究也花費在茶具上——景德宜興，紫砂金胎，加上杯杯盤盤，搞得花俏極了，像辦一場嘉年華會。喝茶時還要配上優雅的國樂，如此眼觀五色，耳聽五音，以為就是藝術欣賞了，實際上心神分散，無法專一，真正品嚐到的茶味有幾分呢？」

盧師傅振振有詞說著，宛如一位飽經風霜，憤世嫉俗的老者。

鄉下的製茶師傅有如此精闢的見解，真是令人驚奇。

盧師傅又指著桌上的茶壺說：「就拿壺來說吧！身、嘴、把、流、蓋，這些條件具足了就能泡出好茶，而養壺的痴人，又要追求土質、造型、年分、製壺師，養出一身的茶光。茶本是給人喝的，卻拿去養壺，哪還管喝茶呢？好壺一把就夠了，收藏那麼多，從變化中得到鮮巧刺激，藉著擁有物質來填補空虛，又跟品茶何干？還有人提倡香道，在飲茶的時候品香，茶香、檀香混為一氣，真是糟蹋了好茶。」

盧師傅看智文聽得專注，似乎孺子可教，便帶他到屋後參觀茶園和工廠，一一解說製茶甘苦，彷彿視他為知己。

智文想起店內的梅子，問：「你也賣梅子嗎？」

盧師傅答：「後山過去，父親留下一片梅林，所以也醃梅子來賣。現在梅花盛開，要不要去賞梅？」

「太好了，求之不得。」

兩人走過後山，一片芳香撲鼻而來，放眼望去，整片雪白光輝。橫豎交疊的老枝新幹上鋪滿白梅，有的俯嘆，有的仰望，有的凝觀，有的痴疑，各有嬌美姿態。蜜蜂嗡嗡，粉蝶凌亂，讓人目不暇給。

智文如入仙境，看得嘴巴都忘了合上。

臨走前，智文從貨架上拿了一斤「金萱茶」，還想買茶梅，卻遍尋不到。架上有脆梅、奶梅、話梅、紫蘇梅、鳳梨梅，就是沒有茶梅。

他問：「盧師傅，你自己做茶，怎麼沒賣茶梅？」

盧師傅衝他一笑，搖頭說：「茶的個性不該醃梅。」

智文聽不懂，但看看手錶，已耽擱不少時間。公務在身，他沒能細問，便隨手拿起紫蘇梅後掏錢離開了。

回家之後，每次泡茶，智文必然想起盧師傅。

他改去以往一邊飲茶，一邊聽音樂的習慣，轉而沉澱心緒，閉目思索，果然體會出茶湯中更多細微的滋味。

公司業務繁重，同事之間紛爭擾攘，盧師傅的茶是他下班後洗滌心靈的甘露清泉。

數月之後，他得空前往水里找盧師傅買茶。

兩人說到茶湯滋味，智文又有一番特殊見解。

他說：「初嚐有如花香，入喉有果香，回甘時見奶香，我所用的詞彙乃是參考諸多茶書，歸納而成。」

「好厲害！」盧師傅誇獎他，卻又不免砥礪他說：「你喝出了茶味、茶品，如果能再喝出茶心，那就更好了。」

「茶心？」智文倒是第一次聽到這名詞。不過他沒追問，因為他知道那是盧師傅送給他的、有趣的謎題。

這一回，智文買了一斤茶，盧師傅另外送他半斤。他原不好接受，盧師傅卻說難得遇見專心品茶的人，堅持要他收下。

推辭之間，智文忘了買梅子，也忘了問盧師傅為何不做茶梅。

還有那一句「茶的個性不該醃梅」，究竟是什麼意思？

那陣子公司事務繁忙，許多大案子接連進行，忙得人仰馬翻。智文負責客服工作，夾在客戶、上司、同事和下屬之間，平日交際應酬，假日加班，回到家倒頭便睡，一時冷落了盧師傅的金萱茶。

等一切塵埃落定，重拾壺盞沉浸茶香，已然半年有餘，回想忙碌的日子，業績驟升，獎金滿滿，然而心中不但不踏實，反而多了深沉的空虛。

面對客戶，他表現出額外謙卑的禮節；面對老闆，他唯唯諾諾，積極表現；在下屬前，他時時發洩不滿，嚴苛要求；在同儕間，他偽裝掩飾，不敢露出鋒芒，暗中卻與人較勁，激烈競爭。

為了生存，不斷變換角色，有時甚至分不清哪一個是真實的自己？生活的目的又是什麼？他不免疑惑。

一年後，他又重返水里，卻發現茶店已然換了老闆，變成一位年輕太太，貨架上只有茶葉，沒有梅子。

他驚訝的詢問盧師傅去向，年輕太太說：「之前的盧先生不再做茶了，茶園賣給我們，他到山下賣梅子去了。」

「山下，哪裡？」

那位太太搖頭說：「不知道，到處去吧！很久沒見到他了。」

智文不禁疑惑，盧師傅表現出對茶的鍾愛，為何突然放棄自己喜歡的工作？梅子的利潤應該不及茶葉，為什麼專賣梅子呢？那一手製茶的好功夫不是可惜了嗎？

諸多問題伴隨他下山，然而茫茫人海，他也無處可尋，自然是得不到解答。

後來的日子裡，他到一般茶葉行買茶葉，雖然也曾買過來自水里的「勝峰茶」，但不是出自故人之手，品嚐起來總覺得少了一味。

有一天，他到商場閒逛，看到一個賣梅子的攤位，想起好久沒吃的茶梅，於是上前購買。

攤子上沒有其他客人，老闆背對人群低頭看書，智文自顧自尋找，卻找不到茶梅。

他想詢問老闆，一抬頭看見他書上的文字，個個都是碩大的宋體字，那經摺裝的樣式分明就是一本佛經，他腦中有如撞入一顆明亮的慧星，驚喜大叫：「盧師傅！」

那老闆回頭，與他四目相望，愣了半晌，終於咧開嘴大笑。

「唉呀！怎麼是你？」

盧師傅與智文閒聊，但商場太喧鬧，索性提早收了攤子，兩人到附近一家茶藝館好好的敘舊。

盧師傅從小貨車裡拿出一個密封的陶罐，說：「這送你，我去年做的最後一批茶，所剩不多了。」

「這怎麼好意思？我還是跟你買吧！」

「呵！你忘了，我不賣茶了。」盧師傅笑說，「你一定要收下，我的茶遇見你，是它的福氣呀！」

盛情難卻，智文只好欣然接受。

水煙蒸騰，茶香飄起時，智文問：「怎麼不做茶了呢？」

「唉！寂寞啊！世上真正懂得品茶的人有幾個呢？半年前我大病一場，病床上，我反省多年來製茶的生涯，對人生有了新的體悟。」他微笑，笑中帶著苦澀。「眼睜睜看著客人將我精心製作的茶葉，粗率的泡成湯水，囫圇吞入肚中，我就會心疼不已。許多客人迷信高價茶，覺得我的茶價位太低，不值得購買，於是我把相同的產品提高一倍售價，反而使他們很高興。可是這種事，我做得很心虛。」

盧師傅寧願捨棄利潤豐厚的茶葉，而屈就這盈收微薄的梅子，就只是因為寂寞嗎？或者心疼茶葉被人粗心對待？還是為了內心不安？

智文不懂，問他：「難道賣梅子就不寂寞嗎？」

盧師傅凝視他半晌，又低頭皺眉不語，似乎無法形容心中感受。

「為什麼茶的個性不該醃梅？」智文終於提出懸在心中已久的困惑。

盧師傅嘆口氣說：「茶葉採收之後，經日光萎凋，內在發酵，蘊藏芬芳，就像是寶盒中的明珠，光芒來自內身。飲茶人心越靜，茶越香，如同室越暗而珠越明。而梅子採收之後，先殺青去苦澀，留住酸性，外爍鹹甜，泡在鳳梨裡面就是鳳梨梅，泡在紫蘇裡面就是紫蘇梅，泡在檸檬裡面就是檸檬梅。梅子附和別人，而茶葉最怕的卻是雜氣，叫梅子吸收茶香，卻讓茶葉沾染梅子的酸澀，這種事我是做不來的。」

聽到這兒，智文心中忽然被什麼東西觸動一下，感覺有點疼。

他陷入沉思，想起這幾年來過著庸庸碌碌的生活。在公司中與人應對進退，往往必須隱忍心中不悅，換取表面和諧。得意時不可張揚，以免遭嫉；失意時不可悲傷，表現坦然，免得他人落井下石。然而酸、甜、苦、鹹點滴心頭，嬉、笑、怒、罵卻身不由己。是否他也和那梅子一樣，失去自我的本性，隨類賦形，而與人合汙？

他倆沉默良久，各自想著自己的心事，只有燒開水的大壺嘴咕嚕嚕的叫個不停。

原本智文想勸他，不必在乎喝茶人是否真心品茶，茶葉賣得好，許多人喜歡喝，那就好了，何必要求客人那麼多呢？但是想想自己的生活，他畢竟沒說出口。

是無奈吧！在忠於自己和迎合別人之間，在追逐快樂和減低痛苦之間，不論如何抉擇，似乎都無法避免要付出代價。

與盧師傅道別時已是午夜，明亮的星子一顆顆浮在夜空中，夜風涼如冷水，令人不禁微微顫抖。

智文回到住處，躺在床上卻是輾轉難眠，腦海裡一直浮現盧師傅的話，並伴隨茶葉和梅子的影像，彷彿舌蕾上也嚐到茶湯的香醇和梅子的酸澀。

看著床頭櫃上的紫砂茶葉罐，他不禁微笑。

現實環境逼人就範，然而他確信，明日醒來，他會有一點點的不同。

◇ ◇ ◇

「茶與梅，真好聽的故事。」女生說：「我要買這個陶罐，多少錢？」

「爸！客人在問，這個多少錢？」志翔問。

客人在問價錢了，夏若迪喜出望外，興奮的說：「這個你們要的話算六百就好。」

男人問：「你買這個做什麼？」

「我要送給你的。」女生口氣裡還有氣，「我要你每天看著它，好好警惕自己。」

女生從背包裡掏錢，男朋友馬上從皮夾拿出六百元，搶著付錢。

男人捧著茶葉罐，誠摯的對女友說：「我懂你的意思。」

「加油，就算你被調職或解職，我都會陪著你。頂多我們自己創業，做點小生意，平平淡淡過生活。我可不想每天提心吊膽的過『有錢的日子』。」

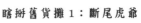

「嗯！」

女生開心的拉著男友的手臂，離開了。

夏若迪望著他們的背影，欣喜的說：「哇！開市了，開市了，太好了。」

他數數鈔票，難掩興奮：「我剛才也聽到他們的對話，夏志翔，你今天做了一件功德。對了！這個故事是哪裡聽來的……」

夏若迪回頭一看，志翔已經從他手中抽走一百元，一溜煙跑去買筆了。

夏若迪回想，當初這個紫砂茶葉罐是在賣場清倉拍賣時，連同四件紫砂壺一起買下，總共花費五百元，平均一個成本才一百元。志翔所說「茶梅」的故事，明顯是瞎掰的。

他心裡矛盾，高中生說謊，不好吧？可是兒子成功賣掉商品，還讓買家滿意，甚至阻止人走上歧途，這……

正煩惱著，志翔跑回來找錢給他。

夏若迪沒接過，另外掏出兩百元說：「不用找了，那個紫砂茶葉罐，我本來只想賣三百元，故意提高售價給人殺價，誰知道他們會那麼大方。所以嘍！多出的這三百元給你當零用錢。」

「謝謝爸爸。」志翔收下錢。

「哈！想不到你油嘴滑舌的亂掰，還有人會信哪！」

志翔辯駁：「不！那叫做『故事行銷』。」

「你哪裡學來的財經術語？」

「我看很多書，不只財經，還有文學、哲學、歷史、地理、物理、化學、天文、生物，什麼書我都愛看。圖書館的報章雜誌我也看，我什麼都知道，我也什麼都能賣。」

「少吹牛了。」夏若迪對兒子的狂妄不以為然，「除非你再賣掉一樣東西，我才相信你。」

夏若迪想用激將法測試兒子的能耐，另一方面也希望再賣出一樣東西。

志翔說：「我可以留下來顧攤子，但是要等一下。」

「幹麼？」

「我剛才在二手書店看到一本書，想去買來看。」

「好吧！快去快回。」

志翔跑去買了書。

回來後，父子倆吃過午飯，志翔看書，爸爸整理舊貨。

天氣清朗，涼風徐徐，志翔半躺在靠背鐵椅上，躲在涼傘的遮蔭下，愜意的沉浸在書中世界。

「老闆！有沒有法器？」一位年輕的長髮小姐，低頭在攤子前尋尋覓覓。

「髮器？你是指髮夾、髮箍之類的嗎？」

志翔抬起頭，看看客人，發現她身子瘦弱，神形憔悴，頭髮沒有梳理，兩個黑眼圈又深又重。

「不！不是頭髮的髮，是作法的法。」小姐的表情很急切又很堅定。「法器，作法用的神器，不管是和尚、道士還是驅魔的神父用的都好，針紮草人也行。」

夏若迪微笑搖頭：「抱歉，那些東西我這裡沒有。」

小姐難掩失望。

「請問您是要做什麼的？」夏若迪問。

小姐雙手握拳，眼睛溼潤，呼吸也變得急促：「告訴你也無妨，我要報復。」

「報復？」夏若迪好驚訝，志翔也放下手中的書。

「我跟我的男朋友交往了兩年，上個月他突然避不見面，也不接我電話，後來我到他家堵他，他才支支吾吾的說要分手。」小姐鼻子一抽，流下兩行淚。「我對他那麼好，付出我的全部，他卻無情無義……我不甘心，我要他付出代價……」

「是有第三者嗎？」夏若迪小心翼翼的問。

「嗚……哇……」小姐淚水大爆發，點點頭。

「太可惡了。」志翔放下書本，走過來。「爸，我們有一個法器，你忘記了。」

「哦？」夏若迪刻意裝出驚訝的樣子，他知道又有好戲要上場了。

第三話

黃銅小香爐

志翔從舊貨中捧起一個小香爐。

「登登登登——」志翔把香爐捧過頭頂，刻意搞笑，好緩解這悲憤又肅殺的氣氛。「就是這個，黃銅小香爐。」

小姐的眼睛為之一亮，忘了哭泣。

那個香爐，蓋子上的扭子設計得很高，夏若迪為了存放方便，把蓋子倒扣，因而露出底面燻黑的焦油黑炭。

夏若迪伸手要去翻好蓋子，志翔卻嚴肅的說：「不，別破壞目前的休眠狀態！」

小姐擦去眼淚，好奇的望著香爐，愣愣的說：「這香爐有什麼法力？」

志翔認真的回答：「不可思議的神奇法力。」

夏若迪努力忍著笑，他知道兒子又要瞎掰了。

志翔收起下巴，微微一笑，詭異的眼神從小姐前方，瞄向椅子上剛剛放下的那本書——《泰國首席女鬼．幽魂娜娜》。

◇◇◇

市區精華地段的一棟辦公大樓內，傳來一陣咆哮。

「你今天給我加班，明天一早我要看到完美的成品，否則小心你的考績……」經理暴怒的把文件往上一扔，紙張如天女散花翩翩落下。

又挨罵了！曉鈴蹲在地上慌亂撿拾散落的企畫書。

經理又開罵：「真是敗給你了，這麼簡單的邏輯你都不懂，行銷目標也搞錯。這已經不是你第一次犯錯了，每次企畫書送來，不是這裡有問題，就是那裡有缺漏，你這腦袋真是，裡面裝的到底是豆腐還是爛泥……」

那斥責像瘋犬亂吠，像槍林彈雨，曉鈴沒有反擊，只想閃躲，根本不敢去聽。曉鈴自認能力不差，但個性太軟弱，即便人家雞蛋裡挑骨頭，她也只能吞忍。

她知道極力辯駁的後果，非但不會讓強勢的經理妥協，反而會回敬她更大的屈辱，因為他壓根瞧不起私下嘲諷是「敗犬」的單身女子。

是的，她是「敗犬」，有過三段感情，都慘痛收場。

第一個在大學時代，對方畢業後出國留學，信誓旦旦說回國後會娶她，但是才離開一個月，就不回她的電子信件，一段純純的愛戀很快無疾而終。

第二個男友一開始對他不錯，還曾經提議合租公寓。她興沖沖簽了約之後，對方卻反悔，害她一人負擔兩人的房租。她本來很生氣的，但男友向她道歉，不停說好話，她就心軟吃下悶虧。而那個男人，後來竟跑來向她借錢，她不借他，他還惱羞成怒，口出惡言，真是遇人不淑。

至於第三個，那是她最沒有勇氣去回想的人了。他帶給她的傷痛是那麼劇烈，那麼沉重，要她花費整整一年的時間，才成功的將他暫時淡化成隱形人，驅趕到記憶的邊疆……

除了夜深人靜時暗自哭泣，然後繼續舔舐自己的傷口，還能如何？是不是男人都吃定她這種弱女子？所以經理在她面前，也是那般強勢無理。難道一切都是自己的錯？

這一晚忙到十點半，塗塗改改，不停的揣測經理的需求，曉鈴糾結的眉心未曾片刻鬆開。

回程在捷運上，她疲累的坐在一角打盹。

不知何時，身旁竟有一個男子坐下，並且悄悄挨近她。

她下意識的往旁邊移開一些，但那個男子又靠過來，她只好閉起眼睛逃避尷尬。

忽然，她覺得背後有東西碰觸著。她驚訝的張開眼睛，發現是那個男子把手放到她的臀部後面，然後假裝若無其事的在偷摸她。

「啊！」她又氣又惱的彈跳起來。

車廂內只有寥寥幾人，她感到孤單無助，甚至沒有勇氣回頭去細看那人的長相。

她走到前兩個車廂，等到下一站車門開時，速速逃離。

她噙著淚，心想，真是倒楣的一天，今晚又要難眠了。

回到家已是十一點，管理室有她的包裹。

她領來打開一看，裡面是一張符紙、芭比娃娃、黃銅小香爐、多色綜合的線香，還有一份說明書。

「啊！對了，幾天前在網站訂的貨。」她幾乎忘記了。「這麼快就寄來了呀！」

說明書上寫著：

品名：夢魂娜娜。
效用：伴你安眠，追求幸福。
注意事項：免費試用期為三天，三天期滿即視為購買。
如果受不了猛烈的效應，只要撕毀符紙，並且將香爐蓋倒過來，覆在香爐上，效力即刻消失。不過，這樣做必須賠償公司十萬元（畢竟培養一個好鬼並不容易）。

天堂俱樂部敬上

真好笑，一張紙值十萬元？不就是一種助眠的芳療產品，需要這樣故弄玄虛嗎？這廣告效果未免太誇大了吧！
梳洗完畢，她躺在床上，準備睡覺。

她明明非常疲累，可是腦子裡面卻像陀螺般旋轉個不停，伴隨著莫名的恐懼、焦慮、憂鬱，不時還出現經理那張憤怒的臉孔，和那個猥瑣的、外貌不可名狀的捷運色狼……

曉鈴輾轉難眠，於是坐起來，拿出打開的包裹。

她依照指示，把芭比娃娃放進床底下，然後看著紙上的文字，有點自嘲的說出：「請娜娜選擇晚餐。」

「噗……」她忍不住噗嗤一笑，等著是否有什麼事發生。

半晌後，她的右手不自覺伸向線香盒，拿起綠色的抹茶口味。

她點燃線香，青澀的綠草香悠悠鑽進鼻腔裡……

早上陽光燦爛，一顆晶瑩的露珠包覆整個世界的倒影，圓滾的從嫩綠的葉尖滑落，瞬間破碎。

她打開轎車門，放好包包，匆匆開車上路。

馬路上人車稀落，一路順暢，她吹著口哨，加踩油門。

不久進入市區，模糊的人影和車形黑壓壓擠過來，她握緊方向盤，努力穿越。

終於接近公司大樓，一個熟悉的人影拎著公事包出現，她驅車朝那人撞上去。

「砰！」

她踩下煞車，淡定的下車檢視，只見倒在地上的經理，掙扎的抱著斷腿，痛苦哀號。

她正想著是否該做出驚慌的表情？此時屁股外側卻有異物感。猛回頭，一個粗獷的中年男子正對她施以侵略的奸笑。

她一側身，抓住他的手塞進車內，並且迅雷不及掩耳踹閉車門。

「哇——」男子痛得五官扭曲，臉色慘白……

「啊！」她睜開眼睛，窗外天色泛白，鬧鐘未響。「是夢！好可怕。」

「怎麼會這樣？我雖然痛恨這些人，但那樣未免太殘暴了。」她心裡懊惱，「我那麼善良，那麼膽小，怎麼會在夢中成了一個暴戾的復仇者？」

曉鈴伸伸懶腰，卻發覺好久沒有睡得這麼好，身上的沉重感消失，頭腦清新冷冽如山坳的湧泉，心情更是颯然舒爽。

對了！該不是娜娜的功勞吧？

她跪到床邊，餵娜娜吃一炷早香，以示感謝。

這次娜娜挑了白茉莉。

這一天進辦公室後，雖然經理依然挑剔，但因為懷抱一絲愧疚，她甘願多了，無須費心壓抑忍耐。也或許是那一份愧疚，讓她聽著經理的責備時，心裡還哼哼的笑著。

上班的心情愉快，一天就這麼順利度過。

晚上回到家，她洗好澡後，坐在床上期待新的夢境。

「還有誰對不起自己的？」她調皮的笑。

「還有誰……」第三任男友志翔的身影竄進腦海，「喔！不要……」

那個讓她總是在腦海設下警戒線，小心翼翼不去碰觸的人，怎麼出現了？

「不要！不要去想他。」

可是，越不願想他，越是鮮明的浮現。

說真的，想起他時心裡有一點甜滋滋的，讓人目眩神迷，雖然伴隨錐心的傷痛……

曉鈴想起志翔第一次對她表白時，忐忑的說出對她美貌的仰慕，態度謙卑恭謹。他對她那般在乎，讓人心醉，只要她隨便一個皺眉，他就心慌意亂，哀哀懇求。

當初他熱烈追求她的時候，玫瑰花束和寫滿愛意的貼心小卡片，不時驚喜出現，將她寵成掌心中的小公主。

他們還一起遊歷過許多浪漫的地方：手可摘星辰的東京晴空塔、七彩鬱金香花田的北海道、童話古堡遍地的歐洲、白沙椰林的帛琉……那些草地和沙灘，都曾印下他倆雀躍的足跡；那邊的陽光和空氣，都迴盪著他們的甜蜜笑語。

然而這一切，都讓橫刀奪愛的那個女人給毀了。

不！破壞這一切的是他。如果他對自己夠真心，斷然不會毀棄承諾，輕易就跟別人跑了。

她也檢討自己是不是不夠溫柔？不夠漂亮？或是有什麼地方讓他不滿意？她想追問出原因，卻換來他不停的閃躲與逃避。

越想抓住他，越是只能看著他的背影遠去。

他是那般無情，在最後一次見面時猙獰的對她狂吼：「你如果破壞我們，我就跟你分手！」

曉鈴回過神，看著眼前自己跳動的手指頭——娜娜選了玫瑰香。

「難道她感應到我心中有志翔？」她視線模糊，慘然一笑。「呵！其實我好想看看他，不知他變得怎樣？可是會不會只是多添傷心？」

她終究是點燃了線香，裊裊白煙飄送出柔柔的甜馨……

「請你原諒我。」

志翔已經來到身邊，滿臉歉意。

「是我的錯，再多的道歉也彌補不了我對你造成的傷害。都怪我一時迷糊，見異思遷，都是我的錯，對不起。」

玫瑰香，好熟悉的氣息。

「現在說這些都太晚了，來不及了。」她刻意藏起心中得意，把臉撇向一邊。

「拜託你，這些日子以來我都活在深深的罪惡當中，我只求你原諒，只要你願意接受我的道歉，我願意為你做任何事。」

「不可能！」她刻意撇過頭去。

志翔百般糾纏，黏膩求饒，她努力告誡自己不可心軟，然後翹起下巴，任性的說：「你去死啦！」

口氣中滿是藏不住的嬌嗔，都怪自己只擅長吞忍，卻拙於隱藏興奮……

隔天上班，同事都誇她有張粉紅蘋果臉，笑她談戀愛了。

她害羞的否認，躲進廁所，回味昨晚夢中志翔頻頻贖罪，而自己優越的擺臉色，百般為難他的情形。

然而縱使志翔不斷獻殷勤，她心中卻是複雜的，有著濃濃的委屈和一絲絲的愧疚。

只怪自己太善良了。

想到這兒，她又哭了。

「叩！叩！」

門外傳來同事驚慌的呼喊：「曉鈴你趕快出來，經理發生車禍被人送進醫院急救，我們趕緊去看他。」

她心一驚，迅速擦乾眼淚，走出廁所。

一行人慌張的開車前往。

到了醫院，經理躺在病床上，右小腿開放性骨折。

凶手肇事逃逸，路口沒有監視錄影機，沒有目擊證人，但經理說駕駛汽車的是一位女生，因為他有看見駕駛下車察看，而且講了一些話。至於她說了什麼話，他完全沒有印象，因為劇烈的疼痛使他幾乎休克。

曉鈴倒吸一口氣，她想起那個夢境和娜娜，不知自己是否也該負些道義責任？

那一天回到家之後，她一邊整理家裡，一邊打開電視，電視中正在報導一個捷運色狼被逮的新聞。

那個色狼將手伸到女乘客的臀部後面，趁機襲擊。但他運氣非常差，不但被女乘客辱罵，而且被揪出來時車門正要關閉，他拔腿逃脫，竟然被車門夾斷手臂，導致捷運停駛。

曉鈴想起做過的夢，連忙遮著張開的嘴，久久說不出話。

「滴鈴！滴鈴！」

手機突然響起，她接起來。

「喂……」

「小姐您好，這裡是天堂俱樂部，您購買的產品夢魂娜娜，三天的試用期快到了，不知道您滿意她的服務嗎？」

「這……」

「沒關係，您可以退貨，或者更換商品，很多單身女子都挑選男伴系列。」

「你怎麼知道我單身？」

「根據您在網路上填的資料。」對方又說，「男伴是肯尼娃娃。」

天哪！換成男鬼怎麼得了。

「不！我只要娜娜。我要長租一年，租金是三萬是嗎？」

說完之後，曉鈴掛上手機，她感到有人陪伴，完全不會寂寞了。她想在睡前跟娜娜聊一聊和志翔的那段戀情，也許入夢後，娜娜會用最完美的方式，帶給她更多驚喜。

可惜枯燈一盞，空氣冰冷，卻有那麼多的過去。

「去買點喝的吧！搭配姊妹促膝吐真情，最是愜意。」

於是她跑到樓下便利商店買了飲料。

走出店門，突然遠遠的望見一個熟悉的身影——

竟然是志翔。

志翔在馬路對面的建築工地旁，正要路過。

他不經意轉過頭，和她四目相接，但他驚訝的眼神很快被一股黯然取代，並快速脫離連結。

「那是什麼意思？難道他真的後悔了？」

此時，工地上方吊掛的鋼筋正冉冉上升。

她恍然想起夢中的一句話：「你去死啦！」

吊臂緩緩轉移，鋼筋罩在志翔的頭頂上，她有一股不祥的預感。

「危險！快離開！」

她驚慌的揮手嚷嚷，然而他卻被她的激動反應震懾得不知如何自處。

「對了！娜娜、符紙，撕毀符紙……」

她朝家裡狂奔，瘋狂跑上樓。

「唉呀！」她一不小心踩空，扭傷了腳踝。

她一跛一跛的，忍著劇烈的疼痛，狼狽的打開房門，找出符紙，用力撕成碎片。

「好像還有一個步驟……是什麼？」

她的心跳劇烈得像即將燒壞的馬達，手忙腳亂的找出說明書，然後快快閱讀。

她抖著手把香爐蓋子翻轉過來。

「砰——」一聲巨響伴隨天搖地動，她全身顫抖，寒意從背脊竄上頭頂。

從窗口望出去，掉落的鋼筋把地上撞出一個大窟窿，她的心情無比沉重。

不一會兒，警車趕到。

「趕快察看有沒有人員傷亡？」是警察在吆喝。

不久聽到有人高聲回報：「沒有人員受傷。」

她癱坐在地上，像又死了一次。

後來她去醫院急診，醫生檢查完說踝骨裂開，需要打上石膏，拄枴杖三個月。

這回她沒哭，咬著牙忍受這一切不幸，畢竟這一連串都是自找的。

由於不方便行動，她請求同事幫忙到銀行匯錢，「夢魂娜娜」的毀約金十萬元。

跛腳的那三個月，餐餐只得泡麵裹腹了。

◇ ◇ ◇

「哈！」小姐大叫：「這個曉鈴是個大傻瓜，為了一個負心漢，花了冤枉錢，還弄傷身體，實在太不划算了。」

「是啊！是啊！」夏若迪點頭附和，「大笨蛋。」

志翔誠懇的說：「小姐，我想勸你，心軟就不要報復，免得受傷的是自己。」

小姐聽完似乎想到什麼，卻望著香爐怔怔不語。

志翔又說：「其實這個香爐是要搭配符紙才能運作的。現在已經沒了符紙，所以香爐本身無法作用，你買了也不能作法。我看你不要買了，買了只是多花冤枉錢。」

「不！我要買。」小姐把香爐捧過去，「它可以提醒我，不需要把生命浪費在沒有寄望的人身上。」

「這樣有用嗎？」志翔口氣很狐疑。

「有用，一定有用。」小姐緊緊的捧抱香爐，似乎在宣誓自己堅定的決心。她眨眨眼睛，問：「這怎麼賣？」

「這個要問老闆了。」志翔把頭轉到爸爸那邊，刻意做球給他。「這個『夢魂娜娜』的香爐，以前是租給客人，年租金要三萬元，現在的價錢是……」

夏若迪說：「算你一千元就好了。」

「好便宜喔！」

小姐歡歡喜喜的掏出一千元買走。

客人離開之後，夏若迪說：「夏志翔，以退為進，高招啊！」

「哪裡，哪裡。」志翔鞠躬彎腰，刻意裝謙虛。

「唉！問世間情為何物，直叫人生死相許。」夏若迪有感而發，「失戀是最痛苦的，你看看那個小姐，簡直痛苦到不成人形了。」

「失戀的痛刻骨銘心，這我知道。」

「你又知道了？你才幾歲呀！」夏若迪笑說。

「每一首火紅的流行歌曲，它們的歌詞幾乎都跟分手失戀有關。」

「喔，不簡單，你的觀察力很好，不愧是我的兒子。唉！希望你剛才講的故事，能幫助這位小姐脫離……」夏若迪講到這兒，不知怎麼接下去才順口。「脫離……被人拋棄的……」

「脫離情傷。」志翔淡淡的說。

「哇嗚！你這小子。」夏若迪好驚嚇，兒子的語文能力真不是蓋的。他忽然想到一件事，問志翔說：「對了！你是不是電視上的偶像劇看太多了，竟然會講愛情故事。而且，竟然用自己的名字去當故事裡的負心漢，你是想談戀愛想昏頭了嗎？」

「爸，我是犧牲自己，成就別人。」志翔俏皮的望著爸爸，「從來負心漢都是『逆增上緣』啊！你不知道嗎？」

「天哪！不會吧？」夏若迪嘴巴張得老大，「你小子連深奧的佛經都懂啊！」

「我跟你說過，我讀很多書。」

「你又來了，要記得謙虛。」夏若迪提醒他，又說：「不過說真的，你講的鬼故事還真好聽。」

志翔笑說：「爸，我還有好多故事，保證都是你沒聽過的。」

志翔說完坐回到椅子上，繼續看書。

夏若迪數著手中的鈔票，咧開嘴笑著。

不久一個年輕的先生靠近，氣急敗壞的講著手機，「……給我們喝塑化劑……可惡的黑心商人，向他求償，法官居然只判賠九元。新臺幣九元，你說有天理嗎？」

志翔警戒起來，豎起耳朵仔細聆聽。

「對！黑心飲料商曝光後，我和朋友一起提告。經過那麼久的審理，居然是這樣的結果。那些塑化劑是工業用品，用來增加塑膠的可塑性，黑心商人居然添加在飲料裡面，把飲料變得濃稠有料，可是那會致癌呀！這麼沒有良心，結果法院居然輕判那些黑心商人，太沒天理了……」

年輕先生氣呼呼掛上手機後，蹲下來拿起一個盤子端詳。

志翔轉頭給爸爸使個眼色，夏若迪點點頭，癟癟嘴，那就像是狼族在互通訊息。

小狼說：「喂！老狼，獵物上門了。」

老狼說：「知道了，你自己看著辦吧！」

第四話
大蝦圓盤

那個盤子直徑約二十五公分，白釉底上面畫了一隻好大的紅草蝦。

「畫得真漂亮。」先生摸著上頭的紅蝦子，然後轉頭說：「老闆，這盤子怎麼賣？」

夏若迪很開心，客人主動問價錢，表示喜歡的意思，看來這次得來全不費功夫。他回說：「算你五百元就好了。」

「哇！太貴了。」先生搖頭，把盤子放下，起身要走。

其實那是夏若迪以前花七十元買來的。夏若迪不想錯失客人，急忙想降價挽留：「先生，不會啦！不然……」

志翔急忙打斷他：「爸，阿聰師的案子到底破了沒？」

「啊！什麼？」夏若迪是丈二金剛摸不著頭腦。

客人也好奇的停住腳步。

「這盤子原本的主人，阿聰師啊！」志翔煞有介事的說。

「什麼跟什麼？」夏若迪知道志翔是故意的，也故意配合演出。

「阿聰師是黑心廚師，跟賣塑化劑飲料的商人一樣黑心，我想這位先生可能有興趣聽。」

客人眼睛圓起來，說：「我有興趣！你講。」

志翔點點頭，露出神祕而自信的微笑，開始說起圓盤的故事……

◇◇◇

阿聰師經營一家海鮮熱炒店，菜色香酸鹹辣，適合宵夜下酒，生意很好，遠近馳名。

阿聰師掌廚，老婆站外場，而備料、炒飯和洗碗盤全由二十三歲的徒弟小強負責，小強忙得不得了。尤其是週末和假日，大家隔天不用上班，三五親友就愛到這兒相聚小酌，因此熱炒店總是門庭若市，忙得三人焦頭爛額。

至於平日裡，客人較少的清閒日子，阿聰師喜歡溜出去，到林老大那邊賭博。

老闆娘找不到人，常常朝小強發牢騷，雖然小強不愛聽這些，卻只能默默陪笑。等阿聰師回來，贏了錢就喝酒配菜，把老婆的嘮叨當耳邊風；若是輸了錢，一場大吵是免不了的，就像這一天——

「放著生意不做，就知道賭博。好不容易才賺幾天的錢，又被你賠光了。」老闆娘生氣的說。

「你敢詛咒我『賠光』？」

「哐啷——」，一個小碗摔到牆上應聲破碎。

阿聰師對小強說：「看什麼看？不會到外面看有沒有客人？沒看過這麼不長眼的。」

老闆娘說：「小強，去拿掃把，把地上清一清，別愣在那裡像個傻瓜一樣。」

小強瞬間成了共同出氣桶，倒楣極了。

因此不管客人多還少，他深夜四點回家時總是累得像條狗。

不過小強慶幸師父愛賭博，因為阿聰師為了早點出門，總是不藏私的把功夫教給他，讓他很快能夠獨當一面。這一年多來，他學到許多料理的訣竅。

魚不必鮮活，只要油炸得焦黃，腥味會變香，再淋上加了番茄醬的糖醋醬，頓時讓人滿嘴生津。

雞蛋不需新鮮，即便已經透出腥味，同樣是高溫煎炸過，佐以蔥薑蒜辣椒，就香得不得了。

想當然蝦子用冷凍的，至於它在供應商的大冷凍庫牆角冰凍了幾十年，完全不是重點。

鳳梨蝦球是餐廳的招牌菜，但阿聰師討厭蝦子，全交給小強。

為了強調蝦球的脆，要混調硼砂；為了顯鮮紅，要加點紅色素。鳳梨當然用罐頭食品，那些過期而還沒膨脹的鳳梨罐頭堆在廚餘桶旁，是買發霉干貝時，賣家半相送的。

不香的有化學香料幫忙；不漂亮的有化學色素調色；不夠味的，那更簡單，工業用的冰醋酸幾滴就讓人酸竄腦門；不夠甜的，便宜的糖精、味精就上場救援。

還有好多「精」可用哪！海鮮湯不必海鮮，牛肉湯不熬牛骨，一兩滴精下去，清水變高湯，像施魔法。那些「精」很便宜，幾十元一大罐，一罐可用兩、三個月，而一桌菜至少千元起跳，難怪阿聰師買得起樓房。據說要不是好賭，阿聰師早就可以買十棟樓房了。

還有人來兜售炸油，阿聰師一口氣買了三大桶。

小強問他：「一斤才十五元，為什麼那麼便宜？」

阿聰師手指比比身後的廚餘桶，小強看了半天才恍然大悟，那上頭漂浮一層亮亮的黃油，嚇得他吐舌頭。

奇怪的是，客人吃完之後反應不賴，沒有人食物中毒、上吐下瀉，只是偶爾有人起蕁麻疹，眼皮水腫。

客人如果來理論，阿聰師馬上先聲奪人：「你對海鮮過敏，還好在我這裡測試出來，是我幫了你的忙，讓你提早了解自己的體質。所以問題在你，我的食材都很新鮮，完全沒問題。」

客人如果囉唆：「過敏很可怕，輕微的是蕁麻疹，嚴重的會引發氣喘，甚至肺痙攣，停止呼吸……」阿聰師就擺出臭臉，揮手作勢趕人。

雙方往往上演不歡而散，而客人卻也討不了公道。

平常阿聰師總喜歡買新鮮的花枝回來打漿，做成花枝丸後油炸，當宵夜配酒吃。

有一天，阿聰師破例買了隻肥鴨，又是拔毛，又是宰殺，慢工細活的做出油亮亮的燻鴨。他交代：「晚上我要去玩兩把，這是我的宵夜，放去冰箱不要亂動。」

小強問：「怎麼不買現成的就好？」

阿聰師反問他：「別人做的菜你敢吃嗎？」

小強苦笑。

誰知道那一天阿聰師賭輸了回來，竟發現一隻鴨腿不見了。

原本就一肚子鳥氣的他，以為小強偷吃自己的宵夜，暴怒的說：「你好大的膽子，敢偷吃我的東西。」

「沒有，不是我。」小強趕緊否認。

阿聰師灌下幾杯黃酒，人開始迷茫起來。

「那是誰？我交代你看著，現在不見了，當然找你負責。」

阿聰師氣得拿大鍋勺敲小強，害他頭頂腫了個大包。
「啊——啊——」小強抱頭，疼得哇哇大叫。
老闆娘跑來說：「阿聰仔，那隻鴨腿是我吃的，你誤會小強了啦！」
「你為什麼要幫小強講話？你少袒護他。」
「事實如此，我沒有幫誰講話。我只不過受不了香噴噴的鴨腿，吃了一隻，你去賭博輸了錢，我還沒跟你算帳咧！」
「好啊！好啊！要算帳，一起來。」
兩人東倒西歪的打起架，搞得天翻地覆。
小強在旁邊看著，心中有團火球在燃燒。
真委屈，平常沒有功勞也有苦勞，而且一口鴨腿也沒吃到，還遭人打頭。他懷恨在心，想找機會發洩怨氣。
幾天後，小強買來鴨腿討好老闆娘，問她：「奇怪，師父為什麼討厭蝦子？」

老闆娘一高興，開了話匣：「哪裡是討厭？是對蝦子過敏，連碰都不敢碰。你知道嗎？櫥櫃裡有一個大蝦圓盤，十幾年來壓在最底下，沒拿出來用過。」

「你是說，即使只是一幅蝦子畫？」

老闆娘津津有味的啃著鴨腿，點點頭。

「這未免也太……」小強笑得縮起脖子。

抓到阿聰師的小辮子了，小強真開心，他好想看看阿聰師過敏的糗樣。

他開始計劃，怎樣害師父吃到蝦子，又不被發現是自己動手腳？

三天後，餐廳適逢週一生意清淡的日子，阿聰師做好一堆花枝丸。

「我等會兒要去林老大那邊摸兩把，這些丸子別偷吃。我數過了，一共是十八顆，一顆都不能少。等我回來時要炸來配酒吃，如果發現被人偷吃，我不會放過你。」阿聰師嚴肅的交代。

「萬一又是老闆娘吃了？」小強委屈的問。

阿聰師大聲說：「不管誰偷吃，我都找你算帳，你給我看好了。聽到沒有？」

「喔！」小強心裡真不爽。

阿聰師叮嚀完，整個廚房巡視一番，便從後門出去。

「就偏要偷吃你的花枝丸。」阿聰師離開後，小強靈機一動。

「我把冰箱所剩的蝦子解凍，切丁裹麵糊做成丸子大小，炸出花枝丸的顏色。這樣偷吃就不會被發現了。」小強自言自語，「等阿聰師回來，全部再回鍋去油炸，魚目混珠，他一定分辨不出來。」

他不是對蝦子過敏嗎？就故意害他吃蝦子，看他全身起蕁麻疹，抓來抓去，一定很搞笑。哈哈！這還不夠，還得激怒他，讓他明白自己是被人「做了」，才夠出這一口鳥氣。對！

他腦袋瓜同時冒出離職的念頭，反正已經學會一手撈錢的功夫，投靠別人或自己開間小店，都好過窩囊在這兒。好，豁出去了，明天就辭職，不要來上班了。他又自言自語：「對了，就用那個圓盤來裝丸子，當師父看見蝦子圖時，我正可以說出真相，大聲嘲笑他，哼！」

於是小強從櫥櫃裡找出盤子，果然上面有一隻紅色彩繪、弓背的大草蝦。接著他把蝦子從冰櫃中拿出來解凍，再把花枝丸都炸好了，然後躡手躡腳走到廚房口，往餐廳偷看。

餐廳沒客人，老闆娘正專心的在看電視連續劇。

「太好了。」他嘴角一歪。

他走回流理臺，一口一顆的吃掉八顆花枝丸。

「好香，好脆，好好吃。想吃好料的，還是得吃師父給自己留的。」

吃完花枝丸，他把解凍好的蝦子放在小盆裡。

正當他朝著計畫目標前進，著手剝蝦殼的時候，老闆娘跑進廚房嚷嚷：

「二號桌點了薑絲大腸和鳳梨蝦球。快！」

老闆娘開冰箱察看，又說：「蝦子沒了嗎？」

小強無奈望著手邊的蝦子說：「剩手邊這幾隻。」

「那好，快，客人直喊肚子餓。」

「唉！」

小強只好打消惡整的計畫，留待下次再找機會了。

他先把泡過雙氧水漂白的大腸切段，起一鍋油，放入挖除霉塊後細切的嫩薑絲，加入鹽巴味精，淋上工業用的便宜醋酸拌炒十幾下後完成。接著再給蝦肉裹粉油炸，撈起後，另起一個油鍋，爆炒蒜頭、辣椒、薑絲、罐頭鳳梨和切掉爛塊的次等青椒。最後倒入過期的番茄醬、砂糖、白醋，勾個濃濃的芡，把蝦球丟入拌勻。

把菜都做好後，老闆娘走進來把菜端到客人桌上。他恍然想起花枝丸被自己吃掉了八顆，盤子上只剩十顆花枝丸，阿聰師發現後一定會大發雷霆，這可怎麼辦？

但來不及再想，阿聰師已經提前回來，吹著口哨，滿面春風的說：「今天一開賭就贏錢，其他人輸光光，真是太痛快了！」

他笑瞇瞇的喝了兩杯高粱酒，才說：「去，去把我的花枝丸炸一炸，我要提早吃宵夜。」

「好。」小強吞口口水，腦子裡急得團團轉，不知哪邊可以找到東西來充數的？

阿聰師往餐廳走去，坐在三號桌旁。

小強七手八腳的開冰箱，翻櫥櫃，就是找不到什麼替代品，焦急得渾身大汗。

阿聰師又喝了一杯酒，朝廚房大嚷：「你在蘑菇什麼？快一點上菜呀！」

沒辦法了，小強只得硬著頭皮把剩餘的丸子回炸，然後擺在那個盤子上，遮住彩繪的紅色大草蝦，戰戰兢兢的端過去。

高粱酒很烈，阿聰師半醉的發出疑問：「咦？花枝丸怎麼那麼少？又是誰偷吃了？」

「師父，沒……沒有，花枝丸沒少……是你喝酒眼花了。」小強開始發抖。

「你是說我喝醉了嗎？你這小子不要命了，才這麼一點點酒，我會喝醉嗎？你分明是看不起我。」阿聰師吃一口丸子，繼續吵：「是誰偷吃我的花枝丸？是誰？是誰？」

他老婆看電視看得正高興，被這一吵，不悅的回頭大叫：「了不起喔？誰稀罕你的花枝丸？」

「呼……你這貪吃鬼，又來偷吃我的東西，要不是今天贏錢，我就開罵……」阿聰師指著老婆，兩頰已經紅了。

「你少誣賴我，贏錢有什麼了不起。叫你不要賭，十賭九輸，死也不聽，真是不到黃河心不死，倒不如輸到脫褲子，才曉得要覺悟。」

「你……你敢詛咒我……」阿聰師又灌下一杯，罵說：「……瘋女人給我滾，不要讓我看到……老子待會兒揍人……」

「你敢？你打呀！」老闆娘揚起眉，高高翹著下巴。

「……瘋女人，我今天贏錢，不……不想理你……」

吃著喝著，阿聰師在酒精的作用下漸漸臉紅瞇眼，迷迷糊糊，不一會兒那隻大蝦子出現，才吃驚的叫說：「啊！怎麼有蝦子？快拿走。」

老闆娘見到那盤子，故意作弄他：「哈！你剛剛不知道吃了多少蝦球進肚子了？」

「什麼？」阿聰師眼珠瞪得如乒乓球大。

她還回頭使眼色：「小強，你說對不對？」

小強豁出去了，附和著說：「沒錯，冰箱裡的蝦子，我全部做成蝦球，混在花枝丸裡給你吃了，而你竟然沒吃出來，哈哈哈！」

「啊哈！」老闆娘也刻意大笑，「哈哈哈！」

「你們故意的，你們……」阿聰師一股氣冒上來，歪起身子，踉踉蹌蹌跑進廚房，拿大鍋勺來打人。

「砰——」兩人快閃，大鍋勺重重落下，敲到餐桌。

「來呀！來打呀！」他老婆又挑釁。

「給你打，來呀！」小強也故意在他面前跳來跳去。

「別跑！」

阿聰師又高舉勺子，突然臉上一癢，抓出一道紅疹。

小強覺得好神奇，丸子裡並沒有蝦子肉，老闆竟然也會起紅疹。但他沒說破，還故意順勢縮起脖子取笑：「開始了，開始了……」

脖子又癢，再抓，又是一道疹子。

「紅起來了，紅起來了。」小強又訕笑，「哇！好紅的疹子，好癢的疹子，哈哈！」

阿聰師難過的眨眨眼，回頭看盤子上的紅色大草蝦，渾身奇癢無比。他扔掉鍋勺，到處亂抓，那狼狽的糗樣像潑猴抓跳蚤，逗得兩人捧腹狂笑。

「哈哈哈……」

「老公，你是孫悟空喔？哈哈！」

「師父，恭喜你，中大獎了。」

「蝦……呼……蝦……」阿聰師開始喘大氣，說不出話。

「……」兩人察覺有異，面面相覷。

「嗚……啊……」阿聰師彷彿吸不到氣，竟然吐舌頭，掐著自己的脖子翻滾在地，接著全身抽搐。

「怎麼會這樣？」

兩人見狀，開始不知所措。

「你給他吃了什麼？你給他吃了什麼？」老闆娘慌張大叫。

小強急忙解釋：「沒有啊！就是花枝丸，師父買回來的新鮮花枝，他自己做的花枝丸啊……」

不一會兒，阿聰師滿臉發紫，翻起白眼，停止了呼吸。

◇◇◇

「好哇！」先生拍大腿，大喝一聲：「死得好哇！」

「黑心廚師急性過敏而死，真是死有餘辜。」夏若迪說。

「等等，」先生有些困惑，「你是說他沒吃到蝦子，但是心理作用，引發了急性過敏？」

「沒錯。」志翔急忙點頭。

「太好了，我要拿這個盤子去講給我的朋友聽，用這普通盤子殺壞人於無形，簡直就是現代血滴子，真是大快人心。」先生打開皮夾，「你剛才說五百元，是嗎？」

志翔說：「是的。」

先生付了錢，還得意的說：「花五百元為民除害，真便宜。對了，後來呢？小強有被判罪嗎？」

夏若迪看志翔，志翔一臉無知的聳聳肩。

夏若迪急忙說：「喔，當然沒罪，法醫來驗屍，並沒有毒物反應，後來就宣告是意外死亡。」

「讚啦！真是老天有眼，因果報應。」先生說完，拿起大蝦圓盤欣賞著，不停的點頭。

先生離去後，夏若迪笑著拍拍志翔的肩膀，說：「真有你的。」

「沒什麼啦！」他也得意的笑。

志翔繼續看書，看了一會兒就把整本書讀完了。

他對爸爸說：「我累了，我想去找同學打籃球。」

「好啊！你去。」夏若迪說，「今天開幕第一天，託你的福，不但開了市，還賣出三樣舊貨，價錢都很好。志翔，你是我的福星喔！」

「爸，我走了，那就請你『自求多福』了。」

志翔說完就拿著書去同學家。

那一天下午五點收攤時，夏若迪一共收到兩千五百元。其中兩千一百元是志翔賣出的所得，其餘四百元是後來有個婦人看上一塊翡翠玉鐲，相見恨晚，二話不說就買了。

臺灣俗諺說：「生理子難生。」意思是對父母而言，要生出天賦具有生意腦筋的孩子，是可遇而不可求，機率非常小，非常難得的。

夏若迪心想，如果兒子真有「故事行銷」的驚人潛能，那無疑是老天爺的莫大恩賜。再說讀書雖然重要，但是到頭來終歸要進入社會謀生，也許應該讓志翔先到職場見習一下。

老婆江夢蝶經過朋友介紹，找到一個賣場展售員的臨時工作，夏若迪回家時，她還沒回來。他幾番思考，等老婆回家後兩人一起討論，決定在假日時，讓夏志翔到舊貨攤來幫忙。

一般的高中生得知假日得幫父母工作，犧牲玩樂的時間，不是叛逆的反抗，就是臭臉不爽。但志翔聽了卻開心的說：「可惜放學時已經收攤了，不然我想天天去呢！」

江夢蝶說：「不要影響功課才好啊！」

志翔拍胸脯：「我會帶書去讀，不會影響的。」

那一個星期，星期一到星期五，志翔沒有來幫忙顧店的日子，舊貨攤的生意起起落落，雖然有人買東西，但夏若迪好期待假日趕快到來。

週六一到，志翔果然信守諾言，第一個上工的假日就帶了好多書：《財經面面觀》、《阿里山迷霧精靈》、《少年讀紅樓夢》、《京都神社研究》、《天文學的前世與今生》、《福爾摩斯探案全集》……，沒有一本是學校的教科書。

出門前，夏若迪和江夢蝶彼此對望，無奈的含笑聳肩。

來到舊貨市場，布置好攤子，志翔開始看書，還拿原子筆畫眉批，做筆記。

不久有個中年男子湊過來，夏若迪提高音量招呼他：「盧老闆，歡迎光臨，哈哈！」

「老夏，你的東西越來越齊了。」來人是盧彥勛，他看看地攤上的貨物，然後不好意思的說：「你跟我借的東西我忘了帶，出門後才想起來，我已經叫我女兒送過來，你再等一下。」

「沒關係，不急。」夏若迪急忙喚兒子來，「夏志翔，快來！」

「爸，什麼事？」志翔放下書本走過來。

「來認識你盧伯伯，他有個大攤子，當初就是他介紹我來這裡擺攤的。他是這個舊貨市場的老前輩，買賣的舊貨是我們的幾百倍，我以前最愛逛他的攤子。」

「你爸是我的老主顧了。」盧彥勛笑著說，「夏志翔，我今天終於見到你的盧山真面目了，我聽客人說你很會說故事賣東西，真是了不起。你讀哪一間學校？」

「山水高中。」志翔回答。

「喔，跟我女兒一樣。幾年級了？」

「高三。」志翔回答。

「那不是快要考大學了。」盧彥勛轉頭看他讀的那些書，「你不用讀升學的書嗎？我猜你成績很好，胸有成竹。」

「隨便他，愛讀書就好。呵！」夏若迪乾笑一下。

「生意怎麼樣啊？」盧彥勛關心的問。

「托盧伯伯的福，還行。」倒是志翔回答。

盧彥勛掃視了攤位上全部的舊貨，點頭笑著說：「你們的東西都偏舊物，我們這兒雖然是舊貨市場，倒也不是越舊越好。」

「這得請教你這位老前輩了。」夏若迪謙遜的說。

「攤子上的東西不一定要老，但是獨特很重要，造型優美的話更具優勢，重點是不能起價太低，否則客人一聽就覺得沒價值，不想收藏。」盧彥勛認真的說。

「可是定價高，我怕會嚇跑客人。」夏若迪說。

「不一定，許多人是追高不追低的，我以前去收貨時就犯過這個毛病，一把木柄紙面的摺扇，對方開了五千元，我看品質還不錯，誤以為是稀有精品就如數買下。加價一千後賣不出去了，就算平價五千求售，別人都嫌價位太高。」盧彥勛苦惱的說，「我送去給人幫我拍賣，連續五次都流標，所以千萬要記得買低賣高……」

「降價賣就能脫手，不是嗎？」夏若迪說。

「爸，你不能有這種想法，一旦這樣做就是一直賠本，最後結束營業還欠一屁股債。」志翔連忙勸阻。

「喔！乖乖，你這兒子比你有生意頭腦啊！」盧彥勛忍不住拍拍志翔的肩膀，表示讚許。

夏若迪想起一樣東西，趁還沒人光顧，說：「我有一個東西很傷腦筋，我覺得絕對賣不出去，可是丟掉又有點可惜。」

「什麼東西？讓我看看。」盧彥勛感到好奇。

「那是以前買一個大花瓶時，老闆贈送的。那個老闆說，從來沒有客人看它一眼，所以我也就沒擺出來。」

夏若迪帶志翔和盧彥勛來到車子旁，找出壓在車廂底下的一幅裝框畫。

那幅畫真難看，灰的、藍的色塊隨意塗鴉，看得出來畫中有位長髮女人，但是披頭散髮，五官扭曲，全身髒汙。

「這幅畫有名字嗎？」盧彥勛問。

「沒有。」夏若迪搖頭。

「亂塗鴉的畫還裝框。」盧彥勛世故的說，「可見，這一定是調皮的孩子畫的，而父母溺愛孩子，才把亂七八糟的塗鴉當成寶一樣框起來。」

志翔點頭同意：「這東西看起來確實很棘手。」

「舊貨市場每個月月底會辦拍賣會，誰家覺得難脫手的東西都能送去那兒，給拍賣官幫忙拍賣，零元起價。」盧彥勛提議，「我那把摺扇就是寄在那兒，等待有緣人，誰出價超過五千就賣給他，唉！」
「嗨！」忽然前頭傳來一位女士的吆喝，「盧老闆，好久不見了，你怎麼沒認真顧攤子，跑來這兒跟人聊天？最近有什麼新鮮貨？」
盧彥勛抬頭一看，便堆起笑臉熱絡的招呼：「啊！林老師，你好久沒來給我捧場了，最近在忙什麼呀？」
「唉呀！還能忙什麼？我那畢業班的學生，小六就談戀愛，爭風吃醋，打架霸凌，搞得我心力交瘁。」
「小學生也那麼難教嗎？」夏若迪發問。
「學生不滿管教會頂嘴，甚至出言不遜，害我每天又生氣又擔心，常常失眠，唉！好想早點退休喔！」林老師語重心長的說完，忽然話峰一轉：「咦？以前沒看過你這一攤，是新來的嗎？」
盧彥勛舉手搭上夏若迪的肩膀，點頭向林老師介紹：「這是我的好朋友夏老闆，新開張的攤子，他收的東西也都不錯喔。」然後放下手，對夏若迪說：「老夏，這位是林老師，教學認真，桃李滿天下，是我的老主顧喔。」

「林老師好，歡迎有空常來逛逛。」夏若迪鞠個躬，像是對待自己的老師。

志翔急忙湊過來，說：「老師好，我是老夏的兒子，我想你一定會對這一幅畫感到興趣。」

志翔不知何時把那幅畫從畫框中拿了出來——單單就那一張畫紙。接著，他把畫翻到背面，那上頭赫然出現用原子筆寫的九個歪斜的大字。

夏若迪正疑惑著，忽然發現志翔向他使個眼色，讓他看見自己手上握著的原子筆，於是會心一笑。

盧彥勛好驚訝，沒想到志翔似乎趁這短暫時間內，默默做了一些事。他直覺將會有什麼好戲要上演，因此張大眼睛，豎起耳朵，仔細留意他們父子的動靜。

第五話

裝框的塗鴉畫

那九個歪斜的大字是：「謝謝老師，陳曉東敬上」。

志翔又把畫翻回正面。望著那幅畫，林老師疑惑的說：「我的天呀！畫得真糟糕。」

「這幅畫有個特別的故事。」志翔說。

夏若迪看著志翔手上的原子筆，說：「啊，是啊！是有一個很特別的故事。」

林老師摸著「謝謝老師」四個字，說：「看起來，似乎是學生和老師之間的故事？」

志翔說：「沒錯！就是一個讓老師傷透腦筋的問題學生。」

「你可以講給我聽嗎？」林老師整個人來了精神。

「當然啦！」志翔開心點頭。

「唉！那的確是一個很特別的故事。」夏若迪故意這樣說，心裡卻萬分期待著，不知兒子這回要變出什麼把戲？

林老師也揚起眉毛，好奇聽講。

小咚咚本名陳曉東，因為不知道爸爸是誰，從的是媽媽陳香蘭的姓。不過他沒有跟媽媽住在一起，而是跟外婆、阿姨和舅舅同住，但是媽媽住得也不遠，一個星期總會來探望他兩、三次。

他從小就愛往外跑，跟鄰家小孩玩鬧一片。他的體能很好，賽跑總是第一名，玩遊戲爭強好勝，又能號令別人，帶動氣氛，贏得附近許多孩子的崇拜追隨。

到了小五，曉東的玩心變本加厲，放學回家，書包一放下就不見人影，玩得昏天暗地，八、九點才肯踏進家門。

他五年級的導師鄭秀妤，第一眼讀到曉東的學生資料時，眉頭就緊緊的蹙起來。

「咦？父不詳，這是怎麼回事？」

接著翻看成績簿，低年級時成績還好，中年級時就落到及格邊緣。她向中年級的老師打聽，知道了梗概，原來曉東母親從事的是日夜顛倒的特種行業，不禁心中泛起同情。

在沒有打好基礎的情況下，曉東升上五年級後功課更差，幾乎每科不及格。上課時他不愛聽講，像個病貓或局外人，眼神不曾和秀妤交會，總是望著窗外籃球場。直到下課鐘響，像一枝射出的箭，「咻——」的落在籃球場，然後變得生龍活虎。

秀好想利用午睡時間個別教導，但他十分排斥學習。如果留他下課時補寫功課，他還會生氣，用不合作來抵抗。

秀好發現這樣下去實在不行，所以決定改變方式，來軟的。

在那之後，秀好常常私下陪他聊天，塞給曉東芋頭酥、獎卡，希望贏得他的好感，還幫他申請免費的課後照護，讓他在放學後留在學校，在代課老師魏凱文的協助下完成作業。

慢慢的，曉東變得願意聽她的話，也會主動跟她講話了，甚至對秀好說：「我最大的心願是有個爸爸，然後跟爸媽住在同一個家。」秀好聽了好欣慰。直到一次，學校辦書展，曉東買了兩本漫畫，還送別人一枝新穎的自動鉛筆。

秀好問他：「你花了多少錢？」

他數一數，回答：「七百六十元。」

「你怎麼會有那麼多錢？」

他眼睛飄向旁邊，說：「是……外婆給我買早餐的錢，我省下沒吃，存起來的。」

「你為什麼要送東西給別人？」

他低頭不語。

「沒關係，跟老師說，老師不會怪你。」

他說：「因為，我怕別人不跟我做朋友。」

秀妤打電話求證，曉東外婆說：「老師，我每天只給他三十元買早餐，他媽媽都把錢交給我，從來沒給他錢，我也不清楚他的錢從哪裡來的。」

秀妤也覺得納悶。

有一天，一位家長來告狀，說曉東威脅他的小孩阿銘，叫阿銘給他錢，不然就會挨揍。阿銘很膽小，於是偷了爸爸的兩千元，拿給曉東。

這是「校園霸凌」和「恐嚇」，一定要明快處理。

秀好急忙找來曉東，問明情形，曉東說已經花掉一千元，當場從口袋掏出另外一千元，還給阿銘的爸爸，並且認錯道歉。

秀好急忙打電話到曉東家，是阿姨接的。

秀好說完霸凌的事後，又說：「曉東的阿姨，這樣下去不是辦法，你能不能幫忙督促曉東的功課和行為？」

阿姨卻無奈的說：「曉東有媽媽，請老師找他媽媽處理。」

竟然碰了一鼻子灰。

秀好只好直接撥打曉東媽媽的手機，媽媽知道後很在意，一直道歉。

秀好說：「希望你常回去看孩子，否則孩子少了關愛，會放棄自己。最好把孩子接過去一起住，畢竟老人家年紀大，管不動孩子了。」

媽媽客氣的說：「我懂老師的意思，我會常回去的，謝謝老師。」

後來媽媽託外婆拿一千元來還人家，曉東也認錯，並承諾不再犯，這件事才過去。

又過了不久，有人在暗巷看到曉東跟一群國中生聚在一起抽菸。秀妤打電話去他家關心，只聽得外婆唉聲嘆氣，說曉東越來越晚回家，甚至晚上十一點才進家門，讓外婆擔心不已；打手機給媽媽，手機響好久才接，媽媽雖客氣應好，但一旁都是划拳嬉鬧聲。

秀妤想起了課後輔導的魏老師，想請他加把勁勸導曉東。

於是隔天放學後，她往課後照護教室走去，卻遠遠的看見曉東在籃球場投籃，而魏老師坐在樹下滑手機。她心想，這老師投其所好，難怪曉東喜歡他，但只要作業都如期完成那就好了。

這時魏老師收起手機，喚曉東進教室寫作業，她偷偷的跟過去，躲在窗外看。沒想到魏老師沒有教他如何寫，而是直接拿解答給他抄。曉東低頭抄寫，神情愉悅，魏老師還說：「喂！你別寫太漂亮，不然就太假了。」

秀妤好生氣，怎麼可以這樣？但基於同事間不干涉彼此教學的原則，她不好去責怪，只能長長的嘆了一口氣，無奈的搖頭離開。

隔天她把曉東叫來，叫他不能抄解答，必須靠自己的學習寫作業，竟遭曉東白眼。接著他一整天不回話，不配合，讓秀好非常受挫。

有一天，曉東拿一張婚紗照到學校，四處炫耀說：「我媽媽要結婚了！」同學都感到驚訝：「哇！你媽媽好年輕，好漂亮。你的爸爸又高又帥耶！」

他驕傲的說：「我爸爸本來是我媽媽的客人，而且我媽媽肚子裡還有小寶寶呢！」

秀好聽了替他傷感，「唉！孩子就是孩子啊！」

原來他媽媽找到終身的依靠了，雖然是「先上車後補票」，但總比曉東的「不詳之父」，來得光明磊落，勇於負責。

後來又聽曉東的外婆說，他媽媽婚後辭掉酒店的工作，跟丈夫搬到附近工業區開工廠。

秀好問外婆：「沒打算把曉東接過去一起住嗎？」

「老師，」外婆無奈的說，「他的媽媽曾經講過，等曉東讀國中，要接他過去住。你也知道，住在這裡，阿姨、舅舅管不動他，也不想管他，而我也沒力氣管他，只有他媽媽的話，他還願意聽一些。可是他們夫妻剛結婚，成立自己的家庭，又有了小孩，她老公那一邊，需要商量一下。」

現實真是複雜，秀好也不知道該怎麼說才好。

又有一天，曉東向人炫耀手上的骷髏紋身貼紙，引起同學圍觀，他一臉得意。隔天就有人模仿，好幾個人都在手上露出猙獰的圖形，顯然他又成功引領潮流，他驕傲極了。

又過沒幾天，他竟然穿了耳洞，戴耳環來上學。

秀好嚇了一大跳，暗忍著緊張焦慮，嘻嘻哈哈的找他閒聊。

「哇！好酷，你好厲害，知道自己去打耳洞。」

「沒有啦，是大姐頭帶我去的。」

「大姐頭？你的好朋友嗎？她讀哪一班？我也好想認識她。」

「她是國中生，不只有她，還有……」他心情大好，和盤托出。

這下可嚇壞秀妤了，原來他有一群國中朋友，每天聚在一起抽菸、騎機車，有人真刺青，還有人戴耳環、染頭髮。他還得意的說：「老師，如果有人欺負我，我只要一通手機，就會有十幾個人來幫我打架喔，你相信嗎？」

秀妤感到一陣暈眩，眼前白光撲撲閃爍，幾乎窒息。

秀妤趕緊私下通知他的媽媽，對方聽完後嚇得說不出話。

秀妤忍不住對說出最深沉的擔憂：「我聽外婆說，你想等他讀國中時才接他過去住。他現在才五年級，已經交到壞朋友了，你如果不把握現在，他對爸爸媽媽還有期待和嚮往的時候給他一個家，恐怕不必等到國中，你就會常常到警察局去找他了。那時候，他的心早已不跟你在一起，也永遠不會跟你在一起了。」

「是，是，謝謝老師，謝謝老師。」媽媽的回答非常虛弱。

隔天下午上美勞課時，秀妤請小朋友畫「我的家庭」，大家思考了一會兒，陸續動筆畫畫。

不久秀妤發現曉東在亂塗鴉，過去制止：「你不要亂畫。」

「我沒有亂畫，這是我的外婆。」

「你可以畫媽媽啊！媽媽不是很漂亮嗎？」

「不要！」他突然發起脾氣，把畫筆往地上扔，瞪著地板生悶氣。

秀妤想罵又不好罵，想安慰又不知怎麼開口。

那天最後一節課前的打掃時間，教室分機突然響起。秀妤接起電話筒，是教務處打來的。

「秀妤老師，你們班陳曉東的媽媽來幫他轉學，說是要接他去新家同住，請你現在過來簽名。」

「啊！」

秀妤喜出望外，急忙跑去教務處。

曉東的媽媽坐在椅子上，見她來了急忙起身，這是秀妤第一次見到曉東媽媽的真面目。果然是個美人胚子，瓜子臉、彎月眉、尖挺的鼻子、一百七十幾公分的高眺身材，雖然穿著便服，臉上也未施脂粉，卻是個人見人愛的大美女。

這變化來得太突然，秀妤沒有心理準備，見了媽媽只能木木的簡單祝福幾句：「好，太好了，希望曉東能從此遠離壞朋友，重新開始。」

「謝謝老師，謝謝老師。」

不知是否因為心虛或愧疚，曉東的媽媽只能努力的道謝，這跟秀妤想像中酒店小姐的形象完全不同。秀妤回到教室，把這件事告知曉東。

「你的媽媽剛剛來幫你辦轉學，會轉到工業區那邊的一間小學。恭喜你，你有爸爸，有媽媽，有弟弟，有個完整的家庭，你的願望終於實現了。」

只見曉東眼眶泛紅，胸口猛烈起伏，接著忽然拿出今天美勞課的畫，在背後寫下「謝謝老師，陳曉東敬上」。

秀好看見後熱淚盈眶，心想這孩子是貼心的，是懂得她的辛苦的，多少個深夜為他煩惱擔憂，為他失眠頭痛，都是值得的呀！

她忍住淚，急忙從書架挑出一本勵志的好書《穿越黑暗的歌聲》，寫上「祝曉東學業猛進」，鄭重的送給他。

「這書裡的小主角是盲人，卻能用歌聲感動人，為自己開創美好的人生，祝福你跟她一樣衝破黑暗的難關。」

那是最後一節發生的事，等下課鐘響，放了學，秀好卻遲遲等不到曉東送的那幅塗鴉畫。

曉東在課後照護班寫功課，秀好好奇的到那兒窺探一下，才知道，他把那幅畫拿去送給最喜歡的魏凱文老師了。

秀好摀著口鼻，快步跑進廁所。

一股委屈湧上來，淚水奪眶而出，她雖然為孩子的前途欣喜，卻有一種比失戀還要酸楚的傷痛。

如果說這是用真心換絕情，那秀妤會自嘲自己心胸狹小，跟小孩子計較。如果是怪自己沒教會他感恩的道理，秀妤又自認為已經盡心盡力，未曾如此心心念念在一個人身上，就算對前任男友，都沒有這樣真心誠意，付出關懷，可是……

秀妤因此低潮了好一陣子。吃不好，睡不飽，搭公車錯過站，買咖啡忘了拿。就連朋友幫他慶生時，她還感動大哭，只因有人對她這麼好……

✿ ✿ ✿

志翔說的故事在無聲中結束了。

「唉！這就是老師們的寫照，嚴格認真的被學生討厭，放縱迎合的反被學生喜歡。」林老師難過的說。

夏若迪搭腔說：「這麼說來，這幅畫是那個魏凱文老師裝框的嘍？哼！

讓這小子占到便宜啦！」

志翔說：「這框不是特別訂製的，是魏老師在資源回收站撿到一個廢棄的木框，大小剛好，就把它框起來，然後放到辦公室向人炫耀。」

「這麼說來，秀好老師看見了，天天提醒她這件往事，不是會更傷心嗎？」林老師皺起眉頭，不悅的說。

「就是這樣。」志翔嚴肅的點頭。

「我不是那種老師，沒辦法接受這幅畫。」林老師猛搖頭，露出排斥的表情。

「老師別急，故事還沒講完。」志翔眼神矯捷一瞬，調皮的笑。

「還有後續？你說吧！」林老師好奇的說。

◇ ◇ ◇

十年後的某天放學後，秀妤留在教室改作業，一個又高又壯的男生出現在她的教室外，對她說：「老師好。」

「你好，有什麼事嗎？」

「老師，您還記得我嗎？」

「你是？」

「我是陳曉東。」

「啊！」秀妤驚訝錯愕，恍如隔世，這名字雖然遙遠，但這人的影像不時還會出現在夢中折磨她，可是，記憶中的孩子怎麼忽然變了樣？高大俊帥，溫和有禮，完全不一樣啊！

「你……你怎麼會來……」

陳曉東帶來一張感恩卡，說：「老師，我現在是實習老師，教國小五年級。」

「啊！真的假的？不會吧！」她腦筋一下子轉不過來，不確定自己聽到了什麼。

「這學期班上有個特殊的學生，簡直是壞透了，我的指導老師請我輔導他，我軟硬兼施，用盡各種方法都難以改變他的不良行為。這陣子我感到非常挫敗無助，忽然想起了您。」

「我？想起我？」這下她聽懂了，但心中開始恍惚起來。「你想找我討救兵嗎？不可能。當年我都對你沒輒了……」

「不，我不是來求教的，我只是體悟到當年您對我的用心，覺得應該來向您說聲謝謝。」

「啊！你當年成績那麼爛，是怎麼考上師資培訓的資格？」秀妤有點感動，卻又慌亂，不知怎麼回他，因而吐出大白話。

「最疼我的外婆在我國中時過世，我難過的哭了好幾個星期。她臨終前還不忘勸我要學好，不要交壞朋友，要多讀書，我覺得我不應該再……」

啊！面對眼前父不詳的可憐孩子，往事歷歷在目湧上心頭，秀妤搗著怦怦亂跳的胸口，瞇起雙眼。這感覺，竟比心愛的男友分手後回心轉意還要叫人心醉啊！

秀妤抖著雙手打開卡片，看見上面畫著一道美麗的彩虹，裡頭寫了密密麻麻一堆字：「親愛的秀妤老師……」

接下去寫什麼，完全不知了，只因眼前已一片水漾朦朧。

◇ ◇ ◇

「喔！果然，」盧彥勛有感而發，感慨的說：「當家才知柴米貴，養兒方知父母恩。」

「不不不，你比喻失當。」夏若迪笑著指正：「應該說：不經一事，不長一智，將心比心，換位思考……咦，好像怎麼說都不是很吻合。志翔，你來說，怎麼形容才好？」

「醉過方知酒濃，愛過才知情重。」志翔不假思索，調皮的說。

「說得好啊！」林老師拍手大叫，笑著說：「這幅畫很適合擺在教室裡，向學生講這個故事，這幅畫多少錢？我買了。」

夏若迪想起剛才盧彥勛的教導，便說：「老師，木框比較貴，這一幅畫要六千元。」

「這我了解。」

林老師點點頭，低頭去掏錢包，倒是志翔驚訝的望著爸爸。

夏若迪收了六千元，深深一鞠躬。

林老師走後，志翔說：「爸，你下手真狠。」

「不，是你把那幅畫說得非常有價值，如果賣太便宜，反而撐不住它背後那麼高的涵義。」

「嗯！非常有道理。」盧彥勛點頭稱讚，並對他們父子豎起大拇指。「給你們一個讚！喔！不，六千個。」

「哈哈哈！」三人笑成一團。

志翔忽然止住笑，對盧彥勛說：「盧伯伯，你的那把扇子，我有信心能幫你賣出去。你要不要改寄放在我們這兒？」

「你要幫我賣當然好。但記得要賣五千以上，才不會讓我賠本！不過，拍賣會有規定，寄賣的東西除非流標才能拿回來，其他時間他們沒空處理。所以，我看你就等到月底吧，這回如果再流標就拜託你了。我看你這麼會說故事，應該能賣出好價錢。」

「我會盡力的。」

盧彥勛為了激勵他，想了想又說：「這樣好了，如果你能賣超過七千元，不僅多出來的錢歸你所有，我還另外送你一份禮物，怎麼樣？接不接受這個挑戰？」

「當然願意啊！」志翔開心的說，「禮物我已經想好了。」

「又是哪一本書？」夏若迪一副「知子莫若父」的模樣。

「不是一本書，是五本，很特別的青少年武俠小說。我在書店翻過第一集，裡頭每個武林高手都是廚師，各派的武功也跟煮菜有關，非常神奇。」志翔開心的說。

「竟然有這種武俠小說？」盧彥勛感到驚奇。

「為了擁有一套，我正愁錢不夠呢！」

正聊著，一個女孩子走來攤子前面，把手上的一根擀麵棍交給盧彥勛。盧彥勛馬上轉交給夏若迪：「老夏，你要借的東西。」

「謝謝，太好了。」夏若迪把擀麵棍收下。

盧彥勛介紹說：「這是我小女兒，美華，讀高二。她今天來陪我顧攤子，順便過來認識天才銷售員夏志翔。」

「我嗎？」志翔好驚訝。

美華點個頭，湊過來說：「當然，我們都聽客人在說呢！我爸還叫我來跟你學習行銷管理，呵！」

「其實我早就聽過你很會賣東西的事蹟了。」盧彥勛笑著說，「今天親眼見證，確實名不虛傳。」

志翔搔搔腦勺：「哪裡，哪裡，講得太誇張了。」

這位女生年紀跟志翔差不多，講話活潑，但志翔隱約覺得她的眉宇間隱含著憂愁，她的眼皮有些浮腫，想必昨晚曾經大哭過。

志翔十分好奇，留意觀察著。

第六話

陶瓷結婚娃娃

「老夏，你這兒有什麼新鮮貨？」盧彥勛蹲在攤子前，兩手拿起一對娃娃，興味盎然的說：「耶！這對陶瓷娃娃真可愛。」

那是一對陶瓷材質的結婚娃娃。新郎穿大紅袍戴官帽，新娘戴著鳳冠霞帔，兩人彎腰相偎，翹下巴嘟小嘴，俏皮的互相打趣。

志翔居高臨下，發現盧伯伯的頭頂上有個小傷口，還滲著點點的血痕。

「啊！盧伯伯，你受傷了。」

「沒什麼，昨天不小心跌倒撞到的，已經擦藥了。」盧彥勛伸手摸頭，然後轉移話題：「老夏，你眼光不錯，收的東西都有質感喔！」

「比不上你的又多又好啦！」夏若迪客套的說。

「我曾經收過類似的結婚娃娃，都沒有你這一對精采。」

「喔！你太客氣了，你是老前輩了，我只是個新手，我的東西怎麼跟你比？」

美華把志翔拉到一旁，不高興的耳語著：「那才不是跌倒撞到的。」

「啊？」志翔好詫異。

美華忿忿的說：「告訴你也沒關係，昨天晚上我爸媽吵架，我爸和我媽生氣的推來推去，我爸不小心撞到書櫃，上面一個花瓶掉下來，砸到他的頭。」

「是這樣啊！」志翔問她：「他們打架嗎？」

「打架是沒有，昨天的受傷算是意外。」

「所以你昨天晚上為了這件事哭了？」

「你怎麼知道？」美華好驚訝。

「你的眼皮還有一點腫。」

「啊！」美華忙伸手遮住自己的臉。

「沒有很嚴重啦！不仔細看看不出來。」志翔安慰她，又說：「人家說家醜不外揚，我們才第一次碰面，你怎麼就跟我說這些？」

「沒有什麼不能講的。」美華放下雙手，心中還有氣，「他們常吵架，左鄰右舍都知道。聽說你口才很好，我想，也許你能幫我的忙，勸他們不要吵架，我和我姊都快煩死了。」

「大人的事，我怎麼管得了？」

「唉！」美華垂下頭。

志翔望著娃娃，忽然靈機一動。

「盧伯伯，其實這對結婚娃娃背後有個悲慘的故事，你想不想聽？」

盧彥勛說：「呀！天才銷售員又要開講了，讚讚讚！」

美華也好驚喜。

志翔接過娃娃，一手一個，娓娓道來……

◇
◇
◇

「你願意一生一世敬愛他，服侍他，彼此依偎，直到永遠嗎？」

「我願意。」

「你願意一生一世照顧她，尊敬她，互相扶持，至死不渝嗎？」

「我願意。」

結婚典禮上，志明和春嬌許下了「愛的誓約」，他們的態度虔敬慎重，激切感動，有如聖靈充滿。

裝扮得嬌豔如春花的春嬌，笑眼帶羞，含情脈脈，讓志明看著心都融化了。春嬌的體貼溫柔擄獲了他的心，八年的愛情長跑，春嬌對他依賴信服，因而構築了他十足的自尊和信心，相信自己能夠帶給她永遠的幸福。

那一天在東海大學的路思義教堂，賀客眾多，冠蓋雲集。當典禮結束，一對新人步出教堂門口的時候，左右兩列親友拉開拉炮，把空中噴炸成七彩爛漫的線條。他們走完步道，回頭向大家揮手致意，最後不禁被教堂造型感染，一同雙手合十，款款深情的相視微笑。

親友送來許多賀禮，其中兩夫妻最喜歡的，就是一對中國風造型的陶瓷結婚娃娃。他們把娃娃放在床頭櫃，每天睡前看著，都覺得趣味無比，增添浪漫情趣。

新婚後蜜月旅行，去了夏威夷玩一個星期，回國之後延續那樣的甜蜜，又過了半年的兩人生活。然後開始忙於工作，生活才漸漸趨於平淡。

兩年後，兩個孩子依序誕生，春嬌忙得人仰馬翻。為了幫忙支付保母費，她堅持繼續工作，下班後先煮晚餐，再接孩子回家，玩遊戲、洗澡、說故事，一天睡眠時間不到五小時。

志明為了將來能在大學任教，發憤考取了臺北研究所的博士班，一週有兩天時間向公司請假，從臺中北上，兩地奔波。夫妻各忙各的，交集不多，但賢慧能幹的春嬌，總把志明的生活起居照顧得無微不至。

但誰也沒想到，命運之神對這一雙勤奮的夫妻，開了一個可怕的玩笑。

有一天，春嬌上廁所，發現排泄物裡面有血，她擔心的告訴志明。

志明天真的笑說：「痔瘡啦！你每天忙來忙去，火氣大。」

於是春嬌不以為意，跑去藥局買成藥來吃，可是情況並未改善。

三個月後，春嬌連續幾天便祕，下腹部漲痛，非常痛苦。

她坐在馬桶上，用盡全身的力氣，還是無法順利如廁，全身冷汗虛脫，無力的哭喊：「……志明，你快進來，我不行了……」

志明入廁後，春嬌抱著他痛哭，他才驚覺大事不妙，急忙請假，帶她去看醫生。

「我是不是快死了？」春嬌恐慌的望著志明。

「傻瓜，不要亂想，搞不好就真的只是便祕，看醫生吃藥就好了。」

「希望如此。」春嬌無助的抱緊志明，努力給自己一絲希望。

醫生安排儀器檢查的時間，幾天後幫她做了大腸鏡檢查。

藍灰的螢幕上顯示出黝深腸內隧道，鏡頭一路緩緩前行，向前方的黑暗探索。然而平滑的隧道壁上忽然阻塞，宛如巨石擋路。

那月球表面般的腫瘤，讓醫生毫無遲疑的斷定：「嗯，百分之九十是不好的東西。」

那句話如巨浪狂嘯，摧毀了他們辛苦築起的心牆。

不好的東西，換句話說，就是：癌細胞、惡性腫瘤、歹物仔、死亡……

進一步鑑定，大腸癌已到第三期了。

「……嗚……怎麼辦……我是不是快要死了？我死了孩子怎麼辦？」

「不會的，你想太多了，你不要擔心，現在醫學那麼發達，很多人得了癌症還是活得好好的。重要的是心情要維持愉快積極，不要胡思亂想……」

春嬌終日以淚洗面，哀怨嘆息，常常將「死」掛在嘴上。志明也慌了，除了強作鎮定和安慰妻子，他不知道在面對巨變時應該如何處置。

春嬌住院開刀期間，兩個孩子送到阿嬤家照料。

沒了媽媽在身邊，兩個孩子不過一個兩歲，一個四歲，強烈的想念和不安，常常不吃不睡，不停的哭鬧。

「……嗚……媽媽……我要媽媽……」四歲的阿賓想找媽媽。

「……嗚……哇……」兩歲的阿佑只會無言號哭。

「乖喔！乖！阿賓、阿佑啊，媽媽生病在住院耶！你們乖，阿嬤秀秀，阿嬤買糖糖給你們吃。」阿嬤極力安撫他們。

「不要哭了！再哭就不要吃飯。」志明則是耐不住性子，以威嚇來制止。

「嗚——哇——」孩子受到驚嚇，哭鬧得更厲害。

「唉呀！志明，你不能這樣啦！小孩子不懂事，你要哄要騙，不要用喊用罵，沒有用啦！反而會把他們嚇壞的。」

志明的母親看著難過，除了說說他，也只能搖頭嘆氣。

志明好自責。「春嬌是什麼時候出問題的？我怎麼都沒有提早發現呢？如果能早個半年發現，今天就不會這麼慘了。春嬌啊！你怎麼讓自己生這麼大的病呢？」

看著春嬌虛弱憔悴的病容，他除了自責沒及早發現她身體的異狀，心中不免也暗自埋怨春嬌沒好好的照顧身體。

這會兒他得自己買菜、料理家務，醫院、家裡、研究所、公司四頭跑，忙亂無比。許多事以前都不用做的，即使要做，也有春嬌幫忙顧著、提點著，甚至代為處理，但現在他是手忙腳亂，處處疏漏，忙得昏天暗地，焦頭爛額。

在醫院，他還要強顏歡笑，處理春嬌低落灰暗的情緒，就像這一天。

「老婆，你今天看起來氣色真好。」他誇張的咧開嘴，提高八度音。

「謝謝，我知道你是在安慰我。」

「別這樣嘛！」

「說實話，孩子們呢？今天怎麼樣？」

「我剛去看過他們了。很乖呀！喝牛奶、玩玩具，累了就睡覺。」

「少來，我打手機問過媽了，還是哭鬧不停。」

「當然哭鬧不停，哪個孩子受得了沒有媽媽？」志明憋了一肚子氣，這時爆發出來。「你明明知道他們情況不好，為什麼又要故意問我？你明明知道我是在安慰你，為什麼也要故意戳破？你覺得我還不夠煩嗎？」

「你想在醫院跟我吵架嗎？」春嬌流淚，「好，好，可以，我可以假裝天下太平，假裝你和媽，還有孩子都很好，我的病也沒問題。我也不需要跟你說，我今天肚子有多痛，頭有多疼，嘴巴裡頭破了十幾個洞，連呼吸都痛得不得了。好啊！我也假裝都沒事，可以了嗎？」

志明二話不說衝出病房，躲在樓梯間無聲的流淚，簡直心力交瘁。

他當然心疼春嬌，可是他不知道該怎麼安慰她。尤其春嬌每次說到哪裡疼痛時，他就感到一種沉重的壓力和責任，似乎應該幫她解除痛苦，可是他沒有辦法，於是非常無助和挫折。

他只能用正向的言語儘量安撫她，雖然他知道這對春嬌來說也是一種壓力。在這一場壓力承受的考驗中，他承認自己是無能的，非但不擅長化解，還會不小心將逃避當作武器，回擊壓力的來源。

從春嬌的反應中，他也知道自己這麼做不對，可是，他沒有更好的辦法來自處了。

志明心疼自責之餘也感到憤怒，好好的生活節奏，安逸舒適的生活，一下子全亂了。

有那麼幾次在家裡，面對一屋子空虛黑暗時，志明直覺人生乏味。他想躲，想逃，想離家出走，流浪到世界上任何地方都好，只要遠離這裡。或者乾脆將門窗緊閉，拉上窗簾，封閉每一道射進來的光線，將自己囚禁在這一屋黑暗中，不要出去面對難堪的一切了。

他甚至偷偷的閃過一絲念頭：是否要終止這個悲慘的婚姻？

然而，罪惡感瞬間將它消滅了。

他發覺自己長久以來對妻子的依賴，已然成為家中另一個小孩——自私、嬌寵、任性、無恥、卑鄙、懦弱。

「哇嗚——」

他抱頭啜泣，真希望就此在黑暗中澈底消失。

然而命運之神沒有就此罷休。

不久志明在公司例行的體檢中，居然被超音波照出肝臟中有兩個腫瘤，最大的一顆已超過兩公分。

他聽到這訊息如晴天霹靂，腦中一片空白。

他再三向醫生求證，還換不同醫院重複檢查，得到的都是相同的答案。

屋漏偏逢連夜雨，這不幸中的大不幸，叫他如何承受呢？

他跑到公園繞著圈圈不停踱步，希望能替未來理出個頭緒。然而恐懼慌亂占滿心頭，他只能握緊拳頭猛搥樹幹，用身體的疼痛掩蓋內心的憂憤。

最終他得到一個結論，那便是暫時隱瞞，免得徒增家人困擾，還影響春嬌的病情，這也是沒辦法中的辦法。

接著，他如往常般，下班後到醫院照顧春嬌。

幾天後，春嬌異常平靜，試探性的說：「你這幾天怪怪的喔！」

「有嗎？」

「家裡有什麼事嗎？我看你愁眉苦臉的。」

「你生病了，我還笑得出來嗎？」

「我看不是這樣，我開完刀了，醫生說復原良好。接下來預計十幾次的化療，我也做好心理準備了。是孩子生病了嗎？」

「沒有，他們很好，你不要亂猜。」

「還是你怎麼了？公司那邊有問題？還是教授刁難？」

「不是，不是，我沒有問題。」志明努力否認。

「唉！我最辛苦難熬的時候，你都沒這麼沮喪。孩子哭鬧不停的時候，你也沒這麼喪氣。你有心事，你瞞不了我的。」

「嗚……」志明終於忍不住，將滿腔的恐懼和憤怒，隨淚水傾洩而出。「太過分了！可惡！可惡！為什麼是我？為什麼是我？就在你之後。老天爺對我太不公平了，我不甘心……」

他把病情連同對命運的不滿一股腦發洩出來，終至泣不成聲。

「對不起，對不起，是我的病害了你，是我害了你的……」春嬌靜靜的陪丈夫流淚，但很快的，她止住淚水安慰他：「可是志明，只要還活著就有希望。好好的檢查，接受治療，我們要為孩子好好的活下去啊！」

原來在最愛的人面前不需要偽裝，在最愛自己的人面前更不必堅強，志明狠狠的把這一陣子來的煩憂苦痛全都宣洩而出，化成無盡的淚水，溼透了春嬌的病人服。

可從那一天開始，春嬌竟然一掃陰霾，露出笑容。

她俏皮的對志明說：「我原本以為有人可以依靠，誰曉得你靠不住的，這下子我更不能死了，要不然孩子們怎麼辦呢？」

這挖苦的玩笑話，讓志明聽到弦外之音。他相形見絀，暗自慚愧。

志明去研究所辦理休學，又向公司請長假。春嬌辭去工作，兩人暫時擱置人生的計畫，揮別過度壓榨的日子，回歸照顧彼此的健康。

春嬌數次進行化療之際，志明也接受一連串的檢查，胎兒球蛋白、血管攝影、核磁共振、腹腔電腦斷層……

他們一起進醫院，各逛各的部門，最後再集合，分享與討論病情。

春嬌笑說：「以前我們逛百貨公司，我逛我的書店，你逛你的電子產品，只是現在變成醫院。」

春嬌的幽默，大大減低了他的壓力與焦慮。

確定是惡性肝腫瘤後，醫生為他進行治療，漸漸將病情控制住。

或許是同病相憐，當春嬌因藥物副作用而髮落、頭暈、嘴破，極度痛苦時，志明總是抱著她，輕聲撫慰。

而春嬌是過來人，對於志明的情緒低潮十分了解，往往一個堅定的眼神，就能給他慰藉和鼓舞。

他們交換防癌資訊，到有機商店買農產品，打蔬果精力湯。他們互相提醒吃藥，一起運動，慢慢挨著蹣跚和虛弱，彷彿提前進入老年而白頭偕老。彼此依賴日深，感情也越發親密了。

志明曾以為自己是撐起家屋的棟梁，春嬌只是一旁的支架。但此刻他才發現，自己只是一艘隨波飄盪的小船，春嬌才是在岸上繫縛著小船的堅固石墩。

原來，春嬌之前表現出的哀怨是刻意向他撒嬌，希望填補生病的苦痛，而今面對他——這更弱勢的另一半，她調整角色，一百八十度大轉變，堅強振作起來，好給他加油打氣。

女人隱藏的韌性，比男人外表的堅強還剛毅，尤其在她理解男人內心的脆弱如初生的小嬰兒。

而他呢？

生病很痛苦，也幾乎毀了他們的家庭，卻使志明有了新的體驗。

不管抗癌是否成功，將來會不會復發，光陰苦短，稍縱即逝，當他每天一早見到升起的陽光，他總感謝老天給他這些考驗，使他成長。

男孩逐漸長大，長大到足以實現當年所許下的「愛的誓約」。

而他的春嬌，無疑是他最親密的戰友，也是他最敬愛的，教導他實踐諾言的楷模。

◇ ◇ ◇

盧彥勛兩眼發光，望著志翔，半晌才問：「不會吧！這故事是你瞎編出來的嗎？」

「盧伯伯，故事行銷，不要說瞎編，好難聽。」

「喔，不！這故事好好聽，太好聽了，非常感人。」

「……嗚……」美華瞪著志翔，哭著說：「討厭，人家的眼皮又要腫了啦！」

盧彥勛把一對結婚娃娃擁進懷裡，問說：「多少錢？賣我。」

「啊！」夏若迪驚訝的說，「不用啦！盧老闆，你要的話就拿走，自己人，不要客氣。」

「不行，你開個價。」

「不，難得你喜歡，就送你了。」

盧彥勛說：「要不然，就用那一把擀麵棍跟你交換。」

夏若迪想想，說：「好吧！既然你這麼堅持。」

美華問她爸爸：「爸！你要這對娃娃做什麼？」

盧彥勛靠過去，壓低聲音說：「這故事這麼有意義，我要回去跟你媽說，然後拿這當禮物送她。想當初我們結婚時，也是起過誓約的。」

美華眉開眼笑。

志翔拿起擀麵棍，問道：「爸，你借這個做什麼？」

「你媽今天沒排班，她說晚上要包水餃。」

志翔叫說：「啊！我比較想吃披薩。」

沒想到盧彥勛說：「老夏，這樣好了，水餃改天再包，今天晚上帶全家來我家，我做披薩請你們吃，那把擀麵棍我就借走了。」

美華說：「我爸的披薩是公認的好吃喔。」

「這怎麼好意思呢？」夏若迪說。

「啊！應該的，我要謝謝志翔，這小子真有兩把刷子。」盧彥勛誠摯的說。

「謝什麼？」夏若迪是滿頭問號。

「嘻！」志翔和美華卻相視而笑。

夏若迪把擀麵棍抽走，交給盧彥勛。

那一瞬間，志翔彷彿看見棍子上頭烙印了兩個小字。

雖然沒看仔細，但他腦中卻出現金黃色的陽光烘烤著大地的影像——那高溫蒸騰的空氣中，晃蕩著雄偉的金字塔和黃麥田，還有起伏不定，綿延千里的褐色沙丘。那專屬於沙漠的悶暑，使他整個鼻腔充塞乾燥灼熱，想快快吐出舌頭，呼口氣……

「咦？怎麼會這樣？」

志翔回過神，想追上前確認是什麼字，卻已經不見盧伯伯和美華的蹤影了。

第七話
金麥擀麵棍

志翔並沒有為了確認那兩個字跡，而跑去盧伯伯的攤子。他心想，不急，反正晚餐時到了盧伯伯家，答案就見分曉了。倒是瞥見那模糊字跡時，腦中生出的埃及影像十分壯觀：

金黃色的陽光烘烤著大地，高溫蒸騰的空氣中，晃蕩著雄偉的金字塔和無邊無際的麥田，遠處還有黃褐色的沙丘，綿延千里……

一整天，志翔都讓這影像不斷在腦海重播，陶醉其中。

五點市集收攤之後，夏若迪的老婆江夢蝶到舊貨攤跟他們會合。

一家三口開車前往，到了盧家的大樓底下，夏若迪和江夢蝶不約而同驚嘆一聲：「哇，這地段……」

管理大廳內，一個西裝筆挺的管理員早已接到命令，訓練有素的迎上來。問清姓名，登記之後親自領著他們上樓。

到了二十一樓，盧彥勛一家已經在門口迎接。

盧彥勛身上的圍裙還沒拿下，手上還沾著白麵粉。「歡迎，歡迎，這我老婆金智賢，大女兒盧美芬，小女兒盧美華，她們是雙胞胎，只差三分鐘出生。」

「夏伯伯，夏媽媽，夏志翔，你們好。」兩姊妹同時鞠躬。

志翔看看兩姊妹，彷彿同一個模子刻出來似的，不禁噗哧一笑。

夏若迪拍拍肩膀，說：「喂！沒禮貌。」

金智賢笑說：「很正常啊！誰叫她們長得這麼像。」

「我們才不像呢！」兩姊妹竟然異口同聲，而且一起抱胸，別過頭去。

夏若迪笑笑，介紹說：「我老婆江夢蝶，這是我兒子夏志翔。」

一旁的志翔也點頭問好：「盧媽媽好。」

「哈！」金智賢說，「大名鼎鼎的說故事高手，夏志翔，我剛剛才聽完你的故事『陶瓷結婚娃娃』，真是感人啊！實在太厲害了。所以啦！我就起了佛心，原諒我老公啦！你來看。」

她拉志翔進門，大夥兒跟著進入客廳。

金智賢手一揮，只見那一對俏皮的結婚娃娃高高的供在電視櫃中。而盧彥勛正搔著頭，一臉尷尬。

「哇！你們家好大喔！」江夢蝶讚嘆。

那客廳一看也有二十坪以上，精緻高雅的裝潢，擺設了精美沙發、百吋電視、紅木酒櫃，一旁還有一架白色烤漆大鋼琴。

夏若迪問：「這是豪宅了嘛！」

「嘖！嘖！」江夢蝶咂舌頭，羨慕的說：「想不到盧老闆買賣舊貨，能賺到這麼多錢啊！真是不簡單。」

「哪有？舊貨能賺什麼錢？」金智賢音調拉高，「這房產算是我們祖先積德吧，長輩過世後留下的遺產。」

盧彥勛陪笑著，雙手不停在圍裙上抹來抹去。志翔看盧媽媽的皮膚和身材都保養得極好，相形之下，媽媽就顯得暗沉蒼老。他還發現，媽媽誇張的欣羨表情中有著不自在，似乎在後悔出門前沒有化妝。

金智賢帶夏若迪和江夢蝶參觀屋子各處，盧彥勛亦步亦趨的跟在後頭。

「那一把擀麵棍呢？」志翔不去參觀，而是問美華。

「在廚房啊！」

「帶我去看。」

美華帶他繞過兩個走道，進了廚房找到擀麵棍。

志翔終於看見了，那上頭烙印了兩個黑黑的楷體字「金麥」。他不禁恍然大悟：「難怪了……」

「咦？什麼意思？」美華問。

「還不知道。」志翔的話帶著玄機。

不一會兒大人也參觀到這兒。

美華問爸爸：「這擀麵棍是怎麼來的？這烙印的字又是什麼意思？」

盧彥勛說：「這是在一家舊貨攤清倉大拍賣時買來的，那時我幾乎包了攤子上一半的貨物，根本沒注意到這個烙印。」

姐姐美芬湊過來說：「金色的小麥。」

「小麥釀的啤酒也是金黃色。」美華說。

金智賢催促說：「你們擠在廚房做什麼？快到客廳吃披薩呀！」

大夥兒這才回到客廳，吃起料多味美的大披薩。

盧彥勛的手藝果然名不虛傳，海鮮總匯、德國香腸、田園蔬果，各種口味的披薩，鮮美材料加上香濃牽絲的起司跟鬆軟的麵皮，真是人間美味啊！

江夢蝶邊吃邊笑說：「糟糕，我的減肥計畫要失敗了。」

夏若迪也說：「盧老大，你該改行去賣披薩，保證生意興隆。」

「哈哈哈！」盧彥勳笑得很開心。

這時兩姊妹忽然吵起嘴來。

美芳說：「等一下寫功課，不准你抄我的數學解答。」

「你上次還抄我的國文練習卷呢！」美華說，「你每次國文都考不到八十，真奇怪，你是外國人喔？」

「你前天英文考不及格，還敢來笑我。」

金智賢不高興：「別再『龜笑鱉無尾了』，兩個半斤八兩，說下去只會在客人面前丟臉而已。」

志翔急忙說：「啊！我想起這個擀麵棍上『金麥』兩個字的來歷了。你們要不要聽？」

「喔！你怎麼會知道？」大家異口同聲發問。

「這問題，等我說完故事再回答。」志翔說。

◇ ◇ ◇

胡春保，法國「世界麵包大賽」的總冠軍，現任「全球麵包協會臺灣分會」的理事長，在得獎之後的第五年突然對外宣布，他要永遠退出麵包界，引起舉世震驚。

胡春保說：「我會這麼做，是為了紀念一個人，他是我這一生中最可敬的對手。」

這件事得從三十六年前，胡春保在金麥麵包店當學徒的第二年開始說起。

「金麥」是有名的麵包老店，當年的老闆阿塗師是高齡六十六歲的老師傅，一身絕技，年輕時曾遠赴東洋，師承日本麵包名店「木村家」的甜麵包手藝。

「木村家」可說是日本麵包店的開山鼻祖，製作的紅豆麵包最是經典，內餡軟糯香甜，外皮咬來回彈有勁，濃濃麥香，風靡全日本。

阿塗師刻苦學習六年，回國後開了「金麥」麵包店，生意興隆，因此主動來拜師學藝的年輕人非常多。他收學徒，但每個新人必須經過一年的試用期，沒通過耐力和毅力考驗的，二話不說，即刻叫他打包走人。

胡春保那時十八歲，來自窮困農家，胸無大志，只懂得認分工作，對將來的計畫，僅只開一家小麵包店養家活口就心滿意足。哪裡曉得通過一年的試用考驗之後，新來一位師弟，竟然澈底改變了他的一生。

阿塗師指示胡春保帶著師弟，兩人住同一間宿舍，睡上下鋪。

劉品逸十七歲，理個小光頭，白淨的臉上，兩顆黑眼珠慧黠的滾來滾去。「師兄好。」一聲撒嬌，一個有禮貌的鞠躬，一個靦腆的笑，讓胡春保覺得備受尊重，油然生起照護師弟的責任感。

「師兄，我如果睡覺打呼吵到你，你儘管賞我巴掌叫醒我，沒關係。」

「師兄，我已經幫你把外套吊在衣架上了。這脫下來的外套要吊掛起來才好，隨便扔在床上是會皺的。」

「師兄，我今天看見師父一口氣吃了三片核桃糕。我想，改天我領了零用錢，想買幾兩凍頂烏龍茶給師父配著吃，可以解解甜膩。」

胡春保好驚奇，這個劉品逸不像其他鄉下來的學徒般土氣，講出來的話都像在外生活過似的。

胡春保說：「我睡覺時像一頭死豬，你不會吵到我，倒是我很會打呼，保證把你吵到睡不著，哈！」

「那我們半夜一起合唱嘍！」劉品逸調皮的說。

「我說這外套皺了有什麼關係？拿起就穿了，不是嗎？」

「因為我們家不穿皺衣服，以前我爺爺嚴格要求，衣服都要燙平了才能穿。」

繼續問了之後才知道，原來劉品逸家原本是名門望族，田產百甲，他就讀一家明星私中，成績優異。無奈父親賭光家產，負債累累，沒錢供他讀書，他只好來學一技之長。

在「金麥」修業的日子挺難熬，阿塗師非常嚴格，每道工序絲毫不能馬虎，烤爐的火候，出爐的時間，都得精準拿捏，稍一出錯，免不了轟雷似的責罵，有時還得被師父敲頭。

每到節慶大月，或是接到大筆訂單，師徒十幾人加班再加班，擀麵團的人手臂痠疼，包餡料的人手腕發炎，負責顧烤爐的人全身熱燙中暑，常聽到廚房內有人唉唉慘叫，卻獨獨胡春保和劉品逸從無怨言，咬著牙拚命工作，通宵達旦，廢寢忘食。

阿塗師看在眼裡，銘感在心，因此年終紅包，兩人總是最大包。

度小月的某一天，劉品逸徵得阿塗師的同意，跟供貨商買材料，下班之後留在店裡亂做東西，然後拿給胡春保吃。

「師兄，我改了配方比例，高筋麵粉加百分之十五，奶油少一成，你嚐嚐這款羅宋怎麼樣？」

「阿逸啊！你不要浪費錢亂搞啦！師父的麵包已經非常好吃了，你乖乖學就好了啊！將來打著阿塗師的名號，一輩子不愁吃穿。」

「師兄，你閉起眼睛，專心的吃我的麵包，看看有什麼不一樣。」

胡春保照著做，說：「是有點不一樣，但是，怪怪的。」

「太好了，有不一樣了。」劉品逸好開心，「我的羅宋麵包口感比較韌，奶香輕一些，但是麥香反而突顯出來了。」

「喔！經你一說，真的是這樣。」

劉品逸天真問：「師兄，你將來出師之後，有沒有什麼打算？」

「唉呀！什麼打算，就開家小店，娶個老婆，生幾個孩子，這樣我就很滿足了。你呢？」

「我啊！我要做出全臺灣最好吃的麵包，而且是別人沒有的麵包。」

聽見這個偉大的志向，胡春保覺得自己好渺小。

從那時起，胡春保開始有「稀奇古怪」的宵夜可以吃。

「師兄，咖哩蜜餞麵包，你吃看看。」

「師兄，紅豆加麻荨當內餡，沒吃過吧！」

「唉唷！阿逸啊！你今天又做了什麼碗糕？」

這些「碗糕」，常讓胡春保傻眼，甚至啼笑皆非。它們跟師父教導的口味、嚼勁、香氣完全不同，完全顛覆他的想像，可是細細品味，卻有許多驚喜的滋味。

胡春保好慚愧，他比劉品逸早來了一年，學起師父的手藝都覺得辛苦，但這毛頭小子卻是天縱英才，不受拘束，雖然偶爾難免會有失敗之作——

有一次劉品逸更動咖哩麵包的配方，在麵粉裡面加雙倍的咖哩粉，營造強烈氣味，但是內餡不加咖哩，改成油蔥滷肉，而且還故意混入柴魚片。胡春保吃下一口之後，一股豬屎的臊味從上顎竄上鼻腔，當場苦了臉。

想不到劉品逸興奮的說：「今天最大的收穫就是，沒有什麼東西是不能互搭的，只是沒達到完美比例。」

然而就是那一次的刺激，讓胡春保開竅了，他突然眼睛亮了，鼻子靈了，舌頭刁了，以前囫圇吞下肚的東西，他能清晰的分辨出各種材料的獨特滋味。那就像打開糾結纏繞的一堆色線，又像是在一口糊爛的八寶粥裡，輕鬆的用舌尖挑出紅豆、綠豆、花豆、黑豆、小米……

胡春保深受啟發與激勵，漸漸的，他發覺自己竟然能領會阿塗師各種麵包配方的配置道理，甚至融會貫通，窺探出專屬於師父的麵包藝術。靠著比師弟多一年的熟練技藝，胡春保也受到劉品逸的無限敬佩。劉品逸常感嘆，自己沒有師兄的好定性，如果說他是到處掠奪新領土的蒙古可汗，那師兄就是深入經營一個富強小國的君主。

兩人常在夜裡喝啤酒聊天，研究麵包的學問。天下難得知已，結交志同道合的好友更是不易，彼此心中都佩服對方，卻也把對方當作對手，隨時來激勵自己。

原本三年四個月可以出師，胡春保懇求阿塗師多留他一年，為的就是跟劉品逸繼續切磋，直到他也修業完畢。

阿塗師非常喜歡這兩位徒弟，在他們出師離開那一天，各自送兩人一枝擀麵棍，握把上還烙印「金麥」字樣，作為勉勵和紀念。兩人激動感謝，視為珍寶。

出師之後，胡春保開了「小麥山」麵包店，劉品逸開了「花果麥」麵包店，兩家都有「麥」字，表示感恩師承，飲水思源，不敢忘本。他們還相約每個月聚餐，分享彼此心得。

劉品逸很快的推出獨家研發的新產品——「花果酵母系列」麵包，混合各色香草香花和蔬果來培育天然酵母，麵包Q彈有勁之外，還帶著淡淡的花草香，不僅受到臺灣人喜愛，也吸引國外遊客列為來臺遊玩必買名產。

胡春保也努力開發自己的新麵包，可是他總覺得追趕得非常辛苦，望塵莫及，最後只好回頭鑽研阿塗師的配方，讓產品優點更加凸顯，才獲得顧客大力讚賞。

為了增加「小麥山」的能見度，胡春保積極參加麵包製作比賽，他鍛鍊技藝，操練到極致。就在出師之後的第三十一年，他終於榮獲法國舉辦的「世界麵包大賽」總冠軍的最高榮譽。

劉品逸從來不參賽，他知道自己的奇巧創意可以擄獲消費者，但論起正宗的技藝，在評審的眼中，他是不夠扎實的。

「花果酵母系列」之後，他又開發「後現代混搭系列」，草莓搭芥末、紅豆配老薑、奶酥混辣椒，帶領粉絲穿越外太空發現新星系，也因此受到「全球麵包協會」贈予「麥麒麟五顆星」的最高榮譽，就在胡春保得獎的同一年。

更巧的是，兩人在接受記者專訪時，都不停感嘆。

胡春保說：「我非常羨慕我的師弟阿逸，甚至嫉妒他的天才。他總是有那麼多創意，就像大畫家，隨便揮灑幾筆就是教人驚豔的藝術品，而我卻要精雕細琢，揮汗如雨，才會有一點點美麗。」

劉品逸說：「我很崇拜我師兄胡春保，他講求細節，鑽研極致的精神，是我所欠缺的。他堅毅卓絕，刻苦耐勞的堅持，是我永遠都做不到的。」

胡春保說：「我曾經埋怨上天，沒給我全部的知識和技藝，卻又感謝上天，讓我認識了阿逸，敏感了我全部的神經。」

劉品逸說：「感恩師兄，他讓我明白自己的不足和長處，沒有他，我不可能發明那麼多新麵包，開拓人們味覺的新領域。」

而就在五年後，劉品逸因猛爆性肝炎突然辭世。

胡春保傷痛欲絕，在參加完喪禮之後，偕妻子兒女召開記者會，宣布退隱的消息。

「我們是一體的，所以在他離開之後，我們應該也是一體的。」

說完，他在金盆裡點燃烙印著「金麥」字樣的擀麵棍，眼看它漸漸燒成黑炭。

熊熊火焰中，他的兩道淚水映著金光，閃閃不絕。

◇
◇
◇

美華和美芬受到感動，眨著眼睛，互相對望。

「不對呀！擀麵棍不是已經燒了？怎麼……」江夢蝶說。

「對呀！不合理。」夏若迪說。

盧彥勛說：「燒掉的是胡春保的，這一把留下來的，是劉品逸的。」

「掰的。」美芬抗議。

「對，自己亂編的。」美華也不滿。

金智賢說：「喲！這會兒，你們兩姊妹又有志一同啦！」

盧彥勛說：「掰得好啊！超級勵志的故事，真厲害！天才，天才！」

江夢蝶謙虛說：「哪有！就會耍嘴皮。」

志翔笑而不語。

美華繼續吃披薩，然後說：「不過，聽完這故事，我覺得嘴裡的披薩美味升級了。」

「變成冠軍披薩了。」美芬附和。

志翔說：「喔！你們姊妹比我還會掰。」

盧彥勛開心的說：「看來，這個擀麵棍又能賣出好價錢了。」

大家哈哈大笑。

這一頓聚餐在快樂的氣氛下結束。

回程的路上，夏若迪開著車，一邊說：「看來，盧老大擺舊貨攤，只是做消遣的。」

江夢蝶坐在副駕駛座，她欣羨的說：「可不是嗎？他們家的房子抵得上我們家十戶。」

志翔卻說：「別羨慕人家，快樂不是金錢買得到的。」

「你這小鬼，用不著你來教訓我。」江夢蝶說。

「看來盧太太是被『陶瓷結婚娃娃』的故事打動了，他們夫妻關係不錯啊。」夏若迪說。

志翔把玩著那把金麥擀麵棍，說：「爸！這隻擀麵棍留下來擀水餃皮，不要當舊貨賣掉，好嗎？」

「當然！」夏若迪說。「這麼有意義的擀麵棍，當然自己留著用嘍！」

這一夜，就在回味披薩香的美夢中度過了。

一個星期後，週六這天，志翔又興味盎然的跟爸爸到舊貨市場擺攤。東西才剛剛擺設好，美華就出現在志翔背後。

「夏伯伯好，嗨！夏志翔。」

夏若迪有點驚訝，說：「啊！你也來幫你爸爸顧攤子嗎？」

「沒有啦！」美華搖搖頭說，「今天是月底，有拍賣會，我爸忙著要顧店，叫我帶志翔去看看，順便幫忙賣他那一把摺扇。」

「太好了，我等這一天等很久了。」志翔期待的說，「為了我魂牽夢縈想收藏的套書，快帶我去。」

於是，美華開心的領著志翔，往舊貨市場的西南角走去，兩人邊走邊聊。

「夏志翔，你真的好會說故事，一把擀麵棍也能掰得那麼精采。我爸是買賣東西的老手了，他的口才都沒你厲害。」

「還好啦！只是講個故事而已。」志翔客氣的說。

「你什麼時候開始會講故事的？」美華很好奇。

「我忘了。」志翔聳肩。

「回想看看嘛！」

「好像小時候就會了。」

「我真想聽聽你的第一個故事。」美華拉起志翔的手，邊搖邊撒嬌。「拜託啦！一定很好聽。」

「嗯……」志翔認真的陷入回憶，老半天才說：「有了，我想起來了，那是一個非常特別的故事。」

「什麼樣的故事？」

志翔賣個關子，只說：「跟『火』有關。」

第八話 迷你瓦斯爐

「有關『火』的故事？什麼意思啊？」美華繼續搖志翔的手，「不要故弄玄虛嘛！」

「那是說給我的小表弟聽的。」志翔停下腳步，「一個『迷你瓦斯爐』的故事。」

「迷你……」美華歪著頭想了兩秒，「攜帶式的那一種瓦斯爐嗎？」

「沒錯，我讀國小五年級的時候，去小阿姨家吃火鍋，臨去之前，小阿姨打電話來說他家的電磁爐壞掉了，問我家有沒有？我家沒有電磁爐，但有個迷你瓦斯爐，就帶過去用。小阿姨有個孩子讀小一，叫做潔明，見我們全家進門，很有禮貌的打招呼：『阿姨好，姨丈好，表哥好。』」

「他很聰明啊！」美華咧嘴笑。

「我爸也這麼說。不過小阿姨卻發起牢騷說：『潔明啊！聰明是還好，懶惰倒是真的。不愛寫功課，常遲交，還寫得歪七扭八。老師常常打電話來，我也常罵他，他還是懶惰，真是傷腦筋。』潔明在一旁嘟起嘴巴，一臉不高興。」

「那氣氛不是很尷尬？」

「我問表弟：『你喜不喜歡聽故事？』他點頭。小阿姨說：『他最喜歡聽童話故事了。』剛好那時我讀了一本有關『火』的科學期刊，所以我想了想，問他說：『你聽過瓦斯爐阿火的故事嗎？』」

美華拉著志翔的手臂，嚷嚷說：「快講，我也要聽。」

「於是，我把迷你瓦斯爐放在桌上，點燃它，盯著那熊熊火光，開始說……」

◇◇◇

阿火是一個單嘴小火爐，他和伙伴阿星架在同一個爐臺上，組合成一臺高級的雙口瓦斯爐。

這時候，他們正躺在一棟豪華別墅的漂亮廚房中。

身旁有一張光潔亮麗的流理臺，上頭擺放進口的餐盤和鍋具；流理臺邊有臺四門大冰箱，裡面塞滿點心和飲料；冰箱前方是一個吧臺，存放好多珍貴的紅酒；再過去是客廳，擺設了精美的牛皮沙發、百萬音響和水晶吊燈，都閃耀著美麗的光芒。

豪宅裡的人出門了，阿火無奈的吐出一口氣：「唉……」

阿星聽了，疑惑的說：「喂！你很奇怪，我們住在這麼漂亮的屋子，你居然還嘆氣？」

「唉！你不覺得很無聊嗎？來到這裡已經一個多月了，主人只用我們燒過一次開水。」

「男主人和女主人都要上班，早出晚歸，哪有時間做菜？而且小主人的零用錢很多，每天自己買外食解決三餐。他們省時間，我們省得工作，多好啊！」

「要不是那一天，主人為了泡茶煮開水，我看我們會變成沒用的裝飾品。」阿火好委屈。

「那不是很好嗎？」阿星開心的笑，「輕鬆悠閒，多舒服。」

阿火不高興的說：「你忘了離開爐具工廠那一天，廠長對我們講的話嗎？」

「什麼話？」阿星想了想，「有嗎？」

「廠長說……唉！算了。」

既然阿星連這麼重要的話都忘記，阿火也不想多說了。

但阿火清清楚楚的記得，出廠那一天，所有的新瓦斯爐都在倉庫門口集合，聽廠長勉勵他們。

「我的好兄弟們。」廠長高高的站在木箱上，堅定又誠懇的對大家說：「你們擁有最堅固的材質，能噴燒出最純青的火焰，你們是全世界最高級的爐具。今天大家就要出發去工作了，請發揮最高的品質，為人類烹煮出幸福的味道吧！」

「為人類烹煮出幸福的味道。」這句話是阿火的使命，也是他的座右銘。

但真不幸，他住進一個不開伙的家庭。

小主人常常在超商買了微波食品回家，吃完之後，把塑膠盒丟進水槽。

女主人回家後總是嚷嚷：「小寶，媽媽跟你講過多少次了，塑膠類垃圾回收之前，必須清洗乾淨。你不要這麼懶惰，好不好？」

「喔！」房間裡總是這樣簡短回應。

有時候男主人也在，會不高興的說：「你媽媽在跟你講話，你到底有沒有在聽？」

「喔！」還是這一聲回答。

阿火不明白，明明是一間漂亮的大廚房，應該充滿各種山珍海味的香味才對，但別說什麼「幸福的味道」，整個廚房連一絲油煙味都沒有。

有一天，男主人說：「既然小寶常買微波食品吃，不如我買一臺微波爐，你買一些冷凍食品冰在冷凍庫，小寶想吃時就可以用微波爐加熱，也省得跑去外面買。」

「好啊！」女主人走進小寶的房門，問他：「你喜歡吃什麼冷凍食品？」

「隨便！」

「嗶砰——嗶嗶砰——」

一陣陣打電動的聲音，從他的房間傳出來。

「義大利麵好嗎？」女主人又問。

「嗶砰——嗶嗶砰——」

「隨便！」

「冷凍炒飯呢？」

「隨便啦！媽，不要吵我，會害我過不了關。」

女主人默默的走出來，關上房門。

第二天傍晚，宅配公司送來一個大箱子。

晚上，阿火終於在廚房聞到撲鼻的義大利麵香味，但那不是來自於他和阿星的烹煮，而是新來的「微波爐」的功勞。

隔天一早，廚房飄來蒸肉包的香味，阿火看見微波爐正冒出熱氣。

「小寶，快來吃早餐。」

「喔！」小寶已經穿好衣服，把肉包塞進書包，頭也不回的開門出去了。

「唉！這孩子。」女主人搖頭。

阿火聞著肉包香，不禁疑惑起來：「這是幸福的味道嗎？」

晚上，男主人回家時拎著一個電熱水壺，對女主人說：「這是微電腦電熱水壺，加熱很快。」

「好方便喔！」女主人說。

說完就用它煮開水，泡了一杯咖啡。

男主人回頭看看瓦斯爐，說：「小寶常常一個人在家，我擔心他哪一天點火煮東西，燙傷了，甚至不小心引起火災，那就麻煩了。」

「說得也是。」女主人說。

「我看把這臺沒有用的瓦斯爐賣掉吧！」

「有道理。」

就這樣，第二天，阿火和阿星被賣給了二手廚具店。

阿火好傷心，疑惑又焦慮的不斷問自己：「我真的是一臺沒有用的瓦斯爐嗎？」

「面對現實吧！當人們不需要你的時候，你就是沒有用的東西了。」一臺舊冰箱在一旁說，「你看看我，我的馬達強勁，冷凍力一級棒，可是我已經在這家店待了十年，從沒有客人瞧我一眼。」

「啊！」阿火說不出話，只覺得他的一顆心，似乎一直縮小，一直縮小，幾乎快要消失不見了。

阿星反而擔心起來，說：「唉！好日子過去了，將來不知道會遇到什麼樣的主人？求老天保佑我，能像以前一樣舒舒服服的生活，最好永遠躺在這裡休息，都不必工作。」

舊冰箱說：「哈！你不必擔心，現在的人什麼都要用新的，即使二手的東西還很好用，也很難受到客人歡迎。這一位不想工作的朋友，這裡就是廚具的安養院，你就安心的睡你的大頭覺吧！」

阿星開心的說：「如果是這樣，那就太美好了。」

「那也不一定。」炒菜鍋潑他冷水，「上個月來了一臺剉冰機，看起來老態龍鍾，可是人家才來兩天就被買走了，客人把它當古董，老闆因此賺了一大筆錢呢！」

阿火聽到這些話，心裡冒出一株希望的幼苗。他也祈禱起來：「求老天保佑，讓我遇見一個欣賞我，願意給我工作的好主人，拜託，拜託……」

幾天過後，一位餐廳老闆來買十臺瓦斯爐，第一個選上的就是阿火和阿星組合的爐子。他把爐臺拆開，爐嘴分開，分別改裝成二十個獨立的單嘴瓦斯爐。

這是一家吃到飽的餐廳，店名叫做「誰怕誰」火鍋店。

客人只要繳了錢，就可以無限量的取用各種肉類、海鮮、蔬菜、菇類，直到吃不下為止。店內只有兩個規定：一、用餐時間限制兩個小時。二、浪費太多食物沒吃完的人，要罰兩百元。

開幕那一天，二十張桌子一下子就坐滿了人，服務生忙著幫客人點湯底的種類，緊接著，每個人都擠到冰櫃前面，拿了大盤子裝滿食材，這時一鍋湯底也送上來了。

阿火被點燃，他使勁的噴火，用力的燃燒，盡情的製造出純青的火焰，把鍋子裡的湯頭煮得咕嚕咕嚕的大叫。

客人把盤子清空了，又去搜刮一堆食材回來，蝦子、蛤蜊、肉片、火鍋餃、丸子、芋頭、青菜……，一盤盤的食材擺放在桌上，連續不斷的下鍋，煮熟了，沾了醬料，被吹去熱氣，再一一送進嘴巴；每張嘴大口大口的嚼著美食，拚命的吃了又吃。

看著他們動個不停的嘴巴，阿火似乎聽見他們在催促自己：「瓦斯爐加油！趕快煮，趕快煮！」

他覺得自己和這些嘴巴組成合作無間的工作團隊，彼此配合得非常完美。

他開心的對自己說：「我終於來到對的地方了，哈哈！」

深夜打烊後，不習慣工作的阿星，痛苦的哇哇大叫：「我的天哪！累死我了，腰痠背痛，全身無力，我快要死掉了。」

「是啊！太累了。」其他火爐也拚命的抱怨。

「工作量太多了，我會累垮的。」

「以前在別人家，我一天煮三餐，頂多工作三小時，可是在這裡卻是三倍的時間，太苦了。」

阿火也說：「對呀，好累喔！可是好開心，終於可以好好活動筋骨，發揮我的潛能，用力的煮煮煮。真期待明天的開店時刻早點到！希望能有更多客人上門。」

「你說什麼？」阿星說，「你閉嘴。」

「對！你這傢伙，就愛跟大家唱反調。」

「你那麼愛煮，明天跟老闆說，把全部的鍋子都給你去煮，看你多能煮？」

大家把不滿發洩到阿火身上。

「好好好，我閉嘴。」

阿火識趣的閉了嘴巴，餐廳變得好安靜，沒多久就傳來大家呼呼的打鼾聲。

雖然忙碌了一整天，全身痠疼，但阿火仍然興奮不已，好想找個人聊聊天，分享他的喜悅。只可惜，每個瓦斯爐都累得睡著了，只剩他醒著。

「吱吱！」

昏暗中，阿火看見黑影在他身邊跑來跑去。

「喂！你怎麼還不睡覺？」一隻老鼠說。

阿火問：「你是誰？」

他說：「我是老鼠小傑，我和同伴們出來找吃的。」

「你好，我叫做阿火，我今天高興到睡不著。」

「什麼事這麼開心？」小傑好奇。

「那是因為……」阿火把快樂的心情，全講給小傑聽。

「那很好啊！開心最重要。」小傑說，「對了！你知不知道哪裡有東西可以吃？」

阿火說：「廚房後面的廚餘桶有很多食物。」

「太好了。」

小傑一聲召喚，老鼠們就跑去廚餘桶裡吃起來。

從此，小傑和阿火成了好朋友。

一個多星期過去，阿火看見許多客人不只「吃到飽」，還為了「吃夠本」，不惜「吃到吐」。

許多人一開始就夾了幾大盤食材，架上一下子就空了，而只要新的食材補上來，立刻湧上另一批人，沒命的爭搶。

他這一桌常常有客人要求加湯頭，老闆發現是爐火太猛烈，建議客人把火關小一點，免得湯汁蒸發得太快。

客人把火轉小了，但是阿火無法忍受自己燒出慢條斯理的火焰，又偷偷的把火勢加大。

有一天，他這桌客人留了五盤食物沒吃完，老闆不高興說：「請吃完再離開。」

四個客人猛搖頭。

有人說：「我們寧願罰錢。」

另一人說：「你不能逼我們吃東西。」

一個女客人更生氣：「太過分了，明明你自己浪費，還怪我們浪費。」

「我浪費？」老闆一臉疑惑。

「沒錯！你放著這個壞瓦斯爐一直燒大火，浪費能源，你根本沒有資格說別人浪費。」

老闆啞口無言。

「哼！」客人拍拍屁股離開了。

老闆非常生氣，把阿火拆了，丟到廚餘桶旁邊。

阿火好難過，還好小傑晚上來安慰他。

「不要傷心，等老闆氣消了，就會讓你回去工作的。」

可是一天天過去，老闆來看他一眼都沒有，阿火好失望。

阿星羨慕阿火不必工作，就故意偷懶不用力給火。客人抱怨火鍋煮不滾，老闆檢查過後，也把阿星拆了，丟到廚餘桶旁邊。

阿星開心的說：「嗨！我來陪你享福了。」

阿火卻說：「不！我想回去工作。」

「你這傻瓜，躺在這邊多舒服愉快啊！」阿星說完，懶洋洋的睡起覺來。

阿火完全不想跟阿星多說話。

夜裡，小傑又來找阿火，阿火對他說：「我受不了，我不想當廢物，求你帶我離開，好嗎？」

「你想去哪裡？」小傑問。

「我想回去二手廚具店，在那裡，至少還會有工作的機會。」

「好，我來想辦法。」

小傑找來老鼠同伴，合力把他抬起來。

臨走前，阿火問阿星：「要不要一起走？」

阿星說：「不！這裡很舒服，我哪裡都不去。」

於是老鼠們把阿火送回二手廚具店。

隔天早上，二手店老闆發現貨架上多了一個爐嘴，看看還很新，就擺在最前面。

幾天後，一個小女孩拉著戴墨鏡的女人出現在店門口。

女人說：「老闆，我家的瓦斯爐壞了，但是我錢不多，只能買一口單嘴的爐。」

老闆拿起阿火，說：「這個單嘴爐正好適合你。」

女人拿在手上摸摸，點點頭，問：「你能不能到我家，幫我安裝好呢？」

「沒問題。」

「太好了，我又有工作了。」阿火好高興。

這個新家是個老公寓，屋子不大，廚房更小，原來女人和女孩是一對母女，瓦斯爐安裝好之後，媽媽開始煮晚餐。

名叫小萱的女孩說：「我來幫忙洗菜。」

「好。」媽媽說，「那麼我來切蒜頭。」

阿火感到很奇怪，天色漸漸暗了，屋子裡的光線也不刺眼，為什麼媽媽還戴著墨鏡，不摘下來呢？

媽媽從冰箱拿出蒜頭之後，放在砧板上，拿菜刀切著，可是她的臉卻直楞楞的朝著牆壁，沒有低頭看，阿火這才發現媽媽是一位盲人。

「喔！看不見的人能煮菜嗎？」阿火半信半疑。

媽媽切好菜，開始炒菜。

「漆嚓——漆嚓——」鍋子裡瞬間冒出油煙。

阿火漲紅臉噴出大火。

媽媽掀開鍋蓋，翻動鍋鏟，不一會兒就驚慌的說：「唉呀！有怪味。」

她急忙熄火，把菜盛起來。

小萱湊上來看，說：「媽，炒焦了啦！」

「真是對不起，媽媽還不習慣這個新的瓦斯爐。」

這時爸爸回家了，聽到聲音走過來，伸手要摸阿火。

小萱急忙阻止：「不，才炒完菜，爐嘴還是燙的。」

阿火發現爸爸也戴著墨鏡，他也看不見。

媽媽說：「我再炒盤洋蔥肉絲，就可以吃飯了。」

這一回阿火不敢用力噴火了，他用的是正常的火力，使得洋蔥肉絲炒起來又香又嫩。

全家在客廳吃飯，一邊閒聊。

小萱說：「今天我們班的林大同，打噴嚏的時候突然放屁，全班都大笑。」

「哈！真有趣。」爸爸說。

小萱又說了幾件學校的趣事，爸媽都呵呵笑。

阿火覺得這個家庭跟以前那個家庭很不一樣，不漂亮卻很熱鬧。

隔天早上，媽媽熬稀飯，阿火又噴射出強火，害一鍋粥煮出焦味。阿火檢討了一番，他決定要好好觀察媽媽的煮菜習慣，然後幫忙加減火勢。

從那一天的晚餐開始，他就注意每道菜飄散出來的味道。如果有焦味，表示火勢太猛烈，他需要減少供火；如果香味十足，那就是火候剛好；如果起鍋的菜沒什麼氣味，那就是火勢太小，食材沒有熟透，需要加強火力。

幾頓飯下來，阿火已經掌握了媽媽做菜的習慣，也懂得如何配合她了。

爸爸誇獎說：「老婆，今天的菜好好吃喔！」

小萱也說：「我也覺得進步很多耶！」

媽媽笑說：「可能是買了一臺好瓦斯爐的關係吧！」

阿火聽了，感到很欣慰。

小萱說：「我今天數學考了八十分，我也進步了喔！」

「哇！小萱好聰明。」媽媽說。

「小萱好棒！來，爸爸抱一下。」

小萱靠過去，爸爸抱了她。

媽媽說：「給我親一下。」

小萱把臉頰靠近媽媽。

「啵——」媽媽故意親了好大一聲。

「哈哈哈！」全家都樂翻了。

聽著一家人談天說地，聊著有趣的事情，阿火突然聞到一股奇妙的香味。他認真的嗅了嗅，發現那味道除了晚餐的菜香之外，還有一個特別的氣味。那氣味透出笑語的甜蜜、關懷的溫暖，給人一種愛的感覺。

阿火歪著頭想了又想：「怎麼說呢？這是一種……一種幸福的……對了！幸福的感覺。」

阿火恍然大悟：「太棒了！我終於煮出幸福的味道了，我終於煮出幸福的味道了！」

那一天夜裡，小萱一家人熄燈回房間休息。

「呵……」阿火伸伸懶腰，打個呵欠。

他閉起眼睛，帶著微笑，回味著「幸福的味道」，漸漸的進入美麗的夢鄉。

至於阿星，他的如意算盤打錯了，幾天之後，餐廳老闆讓資源回收的人把阿星收走。

他最後被送進大鎔爐熔毀成鐵水，想後悔也來不及了。

◇ ◇ ◇

美華說：「這個故事好可愛，又好有意義。」

「我問潔明說：『阿火的工作是煮出幸福的味道，那你呢？』他竟然歪著頭說：『我的工作是寫出漂亮的字。』」

「哇！這孩子很有慧根。」

「從那時候開始，我就發現自己會講故事哄小孩，然後開始看很多書，越看越有趣，每回寫作文或者是週記，我就掰個故事，自娛娛人……」

「等等。」美華舉起手打斷志翔，滿臉狐疑。「你剛開始的時候說你忘了你的第一個故事，現在又說了一大堆。該不會，有關你表弟的這件事，也是瞎掰的吧？」

志翔抬起下巴，笑說：「信不信由你了。」

「你呀，就愛讓人猜不透。」

「哈哈！」

走著走著，兩人來到拍賣會現場。

一個花梨木矮几被拍賣官舉到頭頂。

「……五萬五一次，五萬五兩次，五萬五三次。恭喜，成交。」

志翔掃視攤上的貨物：「這些東西感覺都不便宜耶！」

接著拍賣官打開一把摺扇說：「來來來！檜木材質，粉紅櫻花圖案，純正精美工藝品，零元起標，每次一喊至少要百元。請出價……」

「來了！」美華傾身撞一下志翔，「就是這一把。」

「嗯。」志翔點頭回應。

「一百。」有個老先生率先開價。

「阿里山上的檜木都快被砍光了，光這檜木就不止一千了。」

「五百。」有人出聲。

「不行啦！全世界只有臺灣和加拿大有檜木林，現在都已經立法禁止砍伐了，市面上的檜木料只會越來越少，越來越貴。」拍賣官詳細說明，意圖提高貨品的身價。

「那就一千。」那個老先生又說。

「沒辦法，你可知檜木又分紅檜和扁柏，這可是最珍貴的紅檜做的。」拍賣官又說。

「一千一，不能再高了。」老先生說。

志翔看著老先生，見他面容清瘦，精神奕奕，身上穿著純白的紗布衣裳，手腕上戴了一串白玉佛珠，胸前掛著一條雞蛋大小的綠翡翠項鍊，上頭刻了一尊佛頭，一副仙風道骨的模樣。

拍賣官搖頭，苦笑說：「信界仙，物主至少要五千才肯賣，還差太遠。」

「太貴了，一把紙扇，隨便幾百塊就能買到，賣到五千元，未免太誇張，降價吧！」老先生不服氣的說。

「信界仙，五千元對你來說只是九牛一毛，你法力那麼高深，看個風水收幾萬，辦場法事十幾萬，給人改個運都不止五千。」拍賣官笑著說。

明裡誇他，暗地揶揄他小氣。志翔心想，原來老先生是一位道士。

「對呀！太貴了，降價，降價。」幾個人附議。

「沒辦法，物主堅持五千才賣。」拍賣官無奈的說，「有沒有人要出價？如果沒有，我要換下一件了！有嗎？」

還是沒人出價。

「請問，可以借我看一下嗎？」志翔把手高高舉起，請求拍賣官。

「沒問題。」拍賣官把摺扇交給他。

「真漂亮！」志翔看著上頭描繪精美的一簇簇粉紅櫻花，不禁讚嘆。意料之外的，他還聞到一股濃厚的檜木香。「哇！好飽滿的檜木氣味，這得要是五千年以上的神木，才會有這樣強烈純雅的古典香氣。」

「五千年的神木？」好幾個人發出驚嘆，老先生也注視著他。

「我出七千！」一聲大喝響徹雲霄。

「啊！」全場發出驚嘆。美華也被這聲音嚇壞了，不只因為它如雷貫耳，而且是出自身邊的夏志翔。

這太誇張了，志翔不是來幫忙賣扇子的嗎？怎麼自己買了呢？而且還買貴了那麼多？

拍賣官卻是大喜，有點慌張的四下看了看，然後才把眼睛對準志翔，確認一番：「你說的是七千嗎？」

「沒錯。」志翔很堅定的點頭。

「太好了，」拍賣官高高舉起木槌子，大聲說：「七千一次，七千兩次，七千三次。」然後一槌落下。「恭喜小弟，成交。」

全場靜默，眾人都呆呆看著志翔，尤其是老先生和盧美華。

美華在志翔耳邊細聲的問：「你有帶錢來嗎？」

「沒有。」志翔淡定的說。

「我也沒錢。」美華慌張的尖叫起來：「這樣你也敢買？」

第九話

檜木櫻花扇

會場內人聲嘈雜起來，因為有個年輕人開了七千元的高價，買下一把檜木櫻花扇，卻沒有帶錢。

志翔神色自若，美華卻大驚失色：「什麼？什麼？沒錢你也出價，還買那麼貴？」

志翔煞有介事的對她說：「你難道看不出這是五千年的樹靈美智子的隨身法寶，借錢也要先搶下來。」

「五千年樹靈美智子？法寶？」美華呆呆的問，但心裡一亮，有譜了，便鎮定下來問：「你是說，這扇子就像是孫悟空的金箍棒那樣神奇？」

「沒錯，這種東西具有靈力，得要修行高深的人才能隨意變化運用它，不過像我這種沒有道行的普通人，供在家裡每日一炷香，跟奉祀神明一樣，也能保佑家宅平安，富貴榮華。」志翔嚴肅的說。

「你這小子，真會瞎掰。」有人取笑他。

「你不信沒關係，反正東西已經是我的了，好處我自己知道就夠了。」志翔笑著說。

「你說的那個樹靈什麼子的，那是什麼人，能不能多說一點？」老先生湊過來問。

「美智子不是人，她是日本人口中的樹靈，漢人說的樹妖。」志翔吞了口水，掃視一遍眾人驚異期待的目光，又繼續說：「阿里山上那棵放倒的第一代神木，樹齡才三千年，而且木質部已經腐朽中空。但是樹靈美智子的原形是五千年的巨型檜木，非常難得，木質部完全沒有蟲柱和腐朽，因為她吸收了山靈水秀，天珍地寶，日月精華，是絕無僅有的超級神木。」

「我怎麼都沒聽過這棵神木。」老先生說著，其他人也紛紛附和，搖頭說：「對呀！最老的不就是神木站旁邊，放倒的那一棵嗎？」

「很多事情是被統治者隱瞞的，刻意從歷史抹去，尤其有關樹靈復仇殺人的事，可惜當年……唉……死太多人……」志翔皺著眉心，深深吸一口氣，收合了摺扇，然後傷感的搖頭。「唉，太慘了……不講了。」

「啊！」眾人既錯愕，又感到一股難受，好奇心被挑起後，極度想要有人來補足弭平，於是紛紛求著說：「小弟弟，別這樣，講清楚啦！」

「拜託，講一下，講一下，一下就好。」老先生懇求說。

「你們真的想聽嗎？」

眾人都點頭，引頷企盼。

「想聽的人舉手？」志翔像個小學老師發號施令。

大家急忙高舉手臂。

「好啦，講一下啦，我也好想聽。」美華一旁幫腔助勢。

「好吧！」志翔舒口氣，緩緩的說：「你們知道阿里山上有一座『樹靈塔』嗎？」

「我知道。」老先生不愧是個修道人，對靈異事件頗有研究。「當年日本人砍伐千年檜木，引起樹靈們反撲，發生許多意外傷亡的靈異事件。後來日本人為了撫慰樹靈，興建了這座塔。」

拍賣官打岔說：「七千元先拿來，沒有後悔的喔！」

「不急。」志翔從容拿過扇子，「可以先讓我把這扇子的故事說完嗎？」

「對對對，你別吵。」好多人瞪著拍賣官，差點引起公憤了。

「好吧！」拍賣官雙手交握，身子前傾。「看來拍賣要先暫停了。其實，我也很想聽。哈！」

「嘩……」的一聲，志翔輕輕一甩，扇面打開，露出櫻花緋紅飄飛如雨的畫面，對著大家說：「就在日治時期的後期，阿里山上……」

他故意很大聲，像是一百多年前的英國人在海德公園，站在肥皂箱上對民眾發表時事評論和演說。

◇ ◇ ◇

晨曦破曉，千條金光，萬道瑞氣，從山脈頂端放射出來，喚醒一夜露珠和滿山濃綠的檜木林。

雲霧團聚在山坳之間，層層滾滾，在晨光下染成紅、橙、黃、紫的彩色棉球，清風吹來翻湧成波濤，彷彿山中精靈正在興風作浪。

穿透雲霧往下看，一列黑頭登山火車，正冒著濃濃黑煙，往山林更深處蝸步爬行。林子裡隱約穿梭著獵人和動物的身影。

近午時分，當鈴木五郎扛著飛鼠和山雞，在畚箕湖搭上火車時，一眼就被車內一老一少的和服女人吸引。

這火車下山時運送參天的巨型檜木，上山時載的是伐木工人和技師，但不論上山下山，載運的清一色都是男人，怎麼今天會有陌生的日本女人呢？

她們倆穿著藍灰色的衣料，腳踩木屐，抱著一個棉布包袱。包袱裡的東西看起來長長的，讓人十分好奇。

少女盤著高高的髮髻，面目清秀，一路上都害羞低頭，不像旁邊的婆子見人就點頭，擠出職業的微笑。

車廂門跟往常一樣是敞開的，山林新鮮的溼潤空氣不時灌送進來，而且隨著海拔升高，越來越冷冽。

有工人貪涼，故意坐到車門口，懸出雙腳邊吃便當。五郎若無其事的面向門外，卻是用餘光頻頻偷看少女。

二十歲的他，是原名莫歐的鄒族青年，只因十二歲時父母相繼過世，由木材行的日本經理鈴木先生收為義子，排行在四個親生兒子後面而取了這名字。

不幸的是，鈴木先生一年前在林間意外死亡，鈴木太太傷心的捧著先生的骨灰罈，帶著其餘四個兒子回祖國依親，卻留下他一人在阿里山。

這被人遺棄的感覺，讓五郎傷心了好久。還好警察長高野晉三看在鈴木先生的情分上，給五郎駐在所工友的職缺，住在宿舍。偶爾也叫他回部落跟族人打獵，然後收購他的獵物，讓他有外快可賺。

「嗚——嗚——戚擦——戚擦——」

火車搖搖晃晃，緩步前行，不久繞過「之」字形爬坡軌道，進入濃密廣袤的檜木黑森林。那些參天巨木樹齡超過三千年，棵棵都要十多人牽手才能包圍，五郎很是驕傲，因為他們已經砍伐了好幾百棵，運回日本蓋神社，受到同胞熱烈讚賞，並獲得天皇榮耀的褒獎。

火車穿越山洞，頓時漆黑一片，伸手不見五指，煤煙竄進車廂，嗆鼻的臭味使五郎忍不住摀住口鼻。

火車出了山洞口，立刻跨上高聳的木橋。

五郎被白光刺得張不開眼睛，等恢復了視線，看見少女用衣袖遮臉，想必是怕給黑煙燻汙了。

少女突然放下袖子，轉過臉，雙眼睜睜的望著五郎，五郎反而害臊的低下頭。他只覺得這少女似乎跟之前有些不一樣了。

火車搖晃到終點站，下車時，那兩個女人向列車長問路，然後踩著碎步往給女生準備的宿舍走去。

五郎好疑惑，難道她們是哪一位警察大人的家眷嗎？

五郎把獵物送去工寮的廚房，漢人廚娘忙跟他說：「動作快，大人剛剛交代，今天晚飯時要辦晚會，叫你把會議室整理乾淨，多擺幾張長木椅。」

「喔！櫻花祭不是剛辦完，難道今天又逢祖國的慶典嗎？」

「不！跟慶典一點關係都沒有。」廚娘搖頭正色說：「前幾天我煮飯時，明明是白米，卻煮出紅飯。」

五郎點頭，一臉嚴肅：「這我在部落也聽說了，消息傳得真快，大家都在談論這件怪事，心裡都很害怕，說是樹靈作怪。」

「唉！自從去年，你義父被倒下的檜木壓死之後，林場就意外不斷，工人不是被樹木壓傷，就是被刀鋸割傷，陸續又有人死掉。高野大人早就懷疑是樹靈們在作怪了，而現在又煮出血一樣紅的飯，搞得大家工作都沒辦法專心，就連小孩最近都吃不下飯呢！大人覺得這樣下去不是辦法，就請示上級，要辦一場康樂晚會來安定民心。」

「那麼，我在火車上看到兩個日本女人……」

「那是大人請來的藝伎，現在正在女舍休息呢！」

「喔！不是內地才有藝伎嗎？」

「就是從京都來臺北演出的康樂團，高野大人請示上級，商請其中兩個來支援。真是難得，這深山野嶺的，距離上回請人來表演已經五年多了。」

「那時我還在部落裡，無緣見到祖國來的美麗藝伎。」

「那麼今晚你可要認真的欣賞喔！」廚娘咧開嘴，揚起眉笑了一下。

五郎因為即將大開眼界而心花怒放，急忙跑去會議室，努力的工作。

整理好會議室之後，他溜到女舍外面，想從窗戶的縫隙偷看那位清秀的少女。

屋子裡很陰暗，視線很差，他隱約看見一個人躺在榻榻米上面，身上蓋了薄棉被。他想看清少女的臉蛋，可是她的頭部被盆栽的濃密樹葉遮住了，完全看不見。一旁似乎沒有其他人，那個婆子不知哪裡去了。

什麼都看不到，他只好放棄，回自己宿舍苦苦的等著。

好不容易挨到晚餐時刻，飯菜擺好，附近工人、技師、警察和家眷小孩，都聚集到會議室來。好多人把家裡的電土燈都帶來，擺在臺前幫忙打光。還有人穿戴新衣，打扮整齊，彷彿參加盛宴。

一時間，會議室裡鬧烘烘的。

看看手錶，高野警察長大人站上臺，興奮的說：「神聖大日本帝國天皇，萬歲，萬萬歲。今晚，承蒙天皇眷顧，派康樂團上山來慰勞大家，大家盡情歡樂，不必擔心什麼樹靈，沒有妖魔鬼怪可以逃過天皇的神威，大家放心。天皇萬歲！」

「萬歲，萬歲，萬萬歲。」眾人齊聲高喊。

大家坐定之後開始用餐，隨即一位盛裝打扮，穿紅葉和服的日本婆子，抱著三味線從講臺後面走出來。

她九十度鞠躬，靜靜跪坐到一旁，操起撥子彈奏起來。

「錚錚鐘鐘——登登咚咚——」

「バチの乱れは（撥子雜亂彈撥著）……」婆子忘我的唱著，「……気の乱れ（心情和氣息也跟著煩亂）……」

「哇！好美的古音。」五郎心中讚嘆，這來自祖國傳誦千年，擁有高深文化的音樂，那是天堂之音，是聖殿之樂，哪裡是族人平日圍著營火哼哼哈哈可以比擬的？

一曲完畢，婆子向眾人鞠躬，現場響起熱烈的掌聲。

掌聲過後，一位高髮髻，珠花步搖，白面紅唇，身著飛雪白羽和服的藝伎登場，頓時引起騷動。

她雙手收在下腹前，頷首低眉，小碎步來到臺中央。

五郎驚為天人，張大嘴巴，眼珠子幾乎掉出來。這位陶瓷人形般的美女，居然是那位樸素的少女？他不禁猛吞口水。

美人深深一鞠躬，然後說：「大家好，我是美智子，請多多指教。」說完轉身背對，靜靜跪坐。

高野大人雙眼閃著光，聚精會神的看著，一旁的副警察長小泉大人驚嘆：「唉呀呀！這孤單的背影，宛如龍安寺枯山水中，苔蘚焦乾的荒涼立岩啊！」

高野一聽，不停的眨眼皮，還揉眼睛，五郎知道，和小泉同樣來自京都的高野，此刻的感動必定比自己深刻百倍。

「登登咚咚——」

婆子又操起琴弦，先是輕彈慢奏，後來正撥又反挑，加緊速度，直到

「登登咚咚——轟轟隆隆——」彷彿擊鼓一般。

正激昂時，琴聲乍然一停。

美智子打出粉紅色的櫻花紙扇，回眸一笑。

那嫣然一笑，美得讓五郎全身發軟，無法呼吸。

美智子轉身，隨著接下來的放慢的旋律跺起舞來。先是扇子平舉輕搖，學彩蝶花間飛舞，接著定點高舉，望遠凝視，看扇子往左偏去，如目送秋雁南飛。

幾番旋轉比劃，她緩下來將扇子捧在面前，緊蹙蛾眉，珠翠輕搖。

小泉大人說：「那是美人攬鏡自照，輕嘆年華流水，青春易逝。」

不久美人收起扇子，兩手直握右胸前，仰頭望天，滿眼陶醉。

「這是……」高野疑惑起來。

小泉連忙解釋：「大人，收起櫻花扇，那暗示下起櫻花雨了。美人打傘漫步，多詩意啊！」

「哇！」高野大嘆，「離故鄉幾千里的高山上，竟然變成清水寺的大舞臺了。」

「大人哪！」小泉望著高野的眼睛，「您的淚光，使我懷念起嵐山渡月橋下的流水波光呢！」

「哈哈哈！」高野忙擦去感動的眼淚，用大笑化解尷尬。

接下來，美人越唱越嬌甜，越跳越嫵媚。

五郎忽然覺得不對，怎麼美智子似乎頻頻對高野眨眼微笑。而高野也感應到，開始分心盯著她，漸漸對小泉所說的京都盛景，有一搭沒一搭的虛應著。

五郎心想，我年輕力壯，怎麼美智子不多看我一眼？難道是嫌棄我番人的臉孔礙眼？我都已經穿上和族的衣服了，不是嗎？

「沒有辦法。我無法帶你回去內地，雖然你是我鈴木家的養子，可是你體內番人的血統，是明顯而無法改變的。」義母當時的話又出現在耳際。

「如果帶你回去，勢必遭受親友異樣的眼光和評論，我們鈴木家族非常重視榮譽，我不希望家族因此蒙羞。」

那被人鄙棄的自卑感又隱隱作痛起來。

祖國強大壯麗，難道我要躲在這不見天日的深山中，窩囊一生？只有到內地發展才有前途了。

醋意和憤怒激起五郎心中一股競爭的欲望，隨後盤算起來。

如果能搭上美智子，賄賂那婆子，或許能隨她們下山，加入康樂團回到祖國。待在團裡面打雜，都強過在山上當警察長啊！

不行！我不能讓他們曖昧成功。不行！

五郎起身，跑回宿舍，從榻榻米下面拿出一罈久藏的小米酒，回來獻給高野。

高野先是驚訝，接著笑說：「你這小子懂得報恩啊！我沒有白疼你了。」

五郎說：「大人，這麼好的氣氛，沒有好酒給您助興，不是太可惜了。

來，我幫您倒滿。」

小泉似乎看出端倪，警告說：「五郎，你不要搞怪喔！」

五郎恭謹的說：「小泉大人您也喝，不要客氣。」

小泉因此鬆了戒心。

就這樣，兩位警察大人在鄉愁的催促下喝了好多酒，很快就搖頭晃腦，語無倫次了。

晚會結束時，大家紛紛散去，美智子把扇子插在腰帶裡，主動上前去扶爛醉如泥的高野。

五郎一個箭步搶過說：「我來就好。」

「不！我來。」美智子說。

「我來扶大人。」

「我來。」

兩人僵持了一會兒，還是不相讓，只好一人一邊，一起送高野回宿舍。

放平高野後，美智子在屋內躑躅著，似乎在等五郎出去就要關上房門。五郎見狀生氣的拉著美智子往外走。

「你到底要做什麼？這麼一個糟老頭子，能給你什麼？」

美智子不回答，只是淡淡說：「你趕快離開。」

「難道你需要依附他的權勢嗎？」五郎忿忿的繼續說，「他雖然是這裡的最高長官，可是你們很快就會離開這裡，回去京都，根本不需要你來伺候他。難道你想留在這裡常住？」

美智子還是不搭理，接著一股不知哪裡來的強勁力道瞬間將他推出門外二十公尺，於此瞬間，木門關上了。他驚愕不已，看似柔弱的美智子，怎麼有這龐然力氣？

「可惡！」他不甘心，奔上前想拉開門，無奈門已上鎖。他用力拉扯，使勁撞擊，用腳猛踹，木門仍毫無動靜。

他跑到旁邊存放工具的小屋，扛出一把斧頭，然後用力朝門鎖處一劈，

「砰！」的一聲，門開了個縫，他急忙用腳踢開，卻讓眼前的景象嚇傻了。

「啊……啊……」高野竟然被黑色繩子勒住脖子，高懸在天花板下。他滿臉漲紅，翻了白眼，雙手拉住脖子上的黑繩，全身因掙扎而扭曲。

這哪來的黑繩？仔細再看，黑繩的另一端竟然是跪坐在榻榻米上的美智子。這到底怎麼回事？茫然慌亂中，他急吐出：「你……你快放下高野，他快死了……」

「你別插手，這不關你的事。」美智子瞪著銅鈴大眼喝斥。

「怎麼不關我的事？高野就快死了。」他趕忙朝那空中的黑繩斧劈過去。然而就在斧與繩相觸的瞬間，高野摔下來，大大的喘氣，而黑繩在空中繞了三圈，倏的收縮到美智子的頭上變成高聳的髮髻，原來，那竟然是她的頭髮。

「是妖怪！」五郎心頭一驚，感受生命遭到強大威脅，直覺將斧尖朝美智子揮過去。

美智子朝下一趴躲過，頭髮又變成長辮子竄到門邊，纏上門拴，下一秒，整個人已經走出門外。

五郎大叫：「別跑！」隨即追砍過去。

美智子的速度很快，轉眼便陷進黑暗森林中，五郎聽著腳步聲一路跟蹤，感到追逐獵物般的興奮和刺激。

越過小溪，繞過亂石，美智子來到一棵巨木前停下腳步，轉身面對五郎。

這時，那婆子不知怎麼的出現在另一棵巨木旁，叫五郎傻眼。「啊！原來是一對殺人魔，都納命來！」

婆子臉色蒼白，面無表情的望著他。五郎朝她劈過去，卻見婆子轉身往巨木撞去，人就不見了。

緊接著，憑空出現一叢樹葉，像張開的傘面在美智子前轉圈圈，然後「咻！」一聲收束起來，一片濃綠瞬間包裹美智子全身。

林中夜色深重，五郎恍恍惚惚看不真切，以為是美智子加了一套綠色和服。

這時，美智子終於說話了：「你不是日本人，我並不想傷你……」

「啊！」她這話好傷人，深深刺著五郎的心，他感到隱藏在胸中的一塊脆弱心肉正淌出血。他咆哮起來：「我是日本人，我是日本人，我怎麼不是日本人？我的義父是木材行的日本經理鈴木，我當然是日本人。」

他只顧極力表明身分，竟忘了美智子的身分，彷彿將她當作義母，憤慨的控訴自己的委屈。

「你真的不是，快走吧！」

這話大大的激怒了他，彷彿有一股如岩漿般滾燙的熱流，從淌血的心口往上噴發。

「你太可惡了！」他高高舉起斧頭，用盡全力朝眼前的女人砍去。

這回美智子沒有閃躲，那斧尖正中她的左肩，她因疼痛而掙扎。五郎想拔出斧頭再劈一次，卻發現雙手緊黏在斧把上，斧頭卻怎麼也拔不出來。

美智子停止掙扎，幽幽的嘆口氣，說：「給你這麼多機會，這可是你自找的。」

她猛然將五郎抓緊，並往後傾倒。五郎只感到頭昏腦脹，全身飄起來似的。但緊接著，他彷彿陷入一個洞穴裡，瞬間被無盡的黑暗包覆。

「日本人砍殺了我們檜木族，我找他們報仇，目的是要他們停止殺戮。而你們鄒族人世代跟我們和平相處，無冤無仇，本來不想傷害你，誰叫你不知好歹，步步相逼……」

「啊！美智子，美智子……」

五朗從此不再聽見任何聲音，也看不到任何東西，只聞到濃得令人窒息的檜木香，充塞了口、鼻、心、肺……

接連幾天，大家遍尋不著五郎的蹤跡，小泉斷言：「五郎破門進屋，壞了大人的好事，還搶走美智子下山去了。」

高野簡直氣炸了，五郎忘恩負義就算了，還搶了本該屬於他的女人，讓他非常丟臉。

他不甘心，放獵犬追蹤，卻在木橋下的山谷裡，發現一對穿和服的女性屍骨和包袱。包袱裡有衣物、化妝品和紅太陽紙扇，不遠處還有碎散的三味線，看起來是從三十公尺高的鐵軌上狠狠摔下來的，但就是找不到五郎的蹤跡。

幾天後，獵犬搜尋來到不為人知的深山裡，在一棵三千年的巨木底下，高野撿到美智子那把檜木櫻花扇。剎時，一陣冷風如幽靈般飄過，讓人背脊發涼。他感到不對勁，轉身看向背後，後面有顆巨石，而巨石上方樹葉蓊鬱，高聳參天。他繞過巨石再看，不得了，那兒矗立著另一棵龐然紅檜，樹幹極其粗壯，前所未見。

「從樹幹的直徑看來，至少要二十五人平舉雙手才能圍抱。」隨行的技師繞著樹幹走了兩圈，估量著。「這樹齡，至少有五千年。」

「五千年！」高野驚喜大叫，下巴都快掉了。「天哪！若是運回內地，可是大功一件啊！」

這真是意外的收穫，相較之下，那個藝伎和叛徒根本微不足道，很快就被高野拋在腦後。他喜孜孜的回去向上級報告請求支援，幾天後一群工人帶著器械工具，開始砍伐這棵超級巨木。

這棵樹靈本可以發動攻擊嚇退他們，只可惜身上遭受斧劈，加上包覆了人類的濁氣，大大降低了她的靈力，使得她只能任人宰割。

最終這棵五千年的巨木，被搬上火車運下山，送回日本內地。

火車穿過森林時，沿路的樹靈們看見了個個義憤填膺，於是聚在一起商討，計劃採取更強大的復仇行動。

不久之後，有十七個工人在鐵道邊集體離奇死亡。他們被人發現時，身體僵直，有如枯木。

日本人嚇壞了，知道樹靈的報復比想像中嚴重數百倍。幾經請示與討論之後，他們不敢再砍伐巨木，並決定建造樹靈塔，定期持咒誦經超渡樹靈，以示懺悔。

而樹靈塔落成的那一天，五郎的心願也實現了，他終於飄洋過海，來到心心念念的祖國國土——

東京最大的神社前，一根檜木大柱插地豎立，高二十多公尺，二十幾人才能圍抱一圈，非常雄偉壯觀。日本天皇下令先將它立起來，向人民彰顯帝國殖民的功績，並等待將來找到另一棵等量的檜木，要合組成日本最大的鳥居。許多人跑來觀賞，驚嘆連連，因為據說這檜木的樹齡有五千多年。

五郎正舉著斧頭，高高被嵌在檜木大柱的木心，任憑他如何奮力的吶喊掙扎，卻始終無法逃出……

◇ ◇ ◇

志翔停下來，現場一片靜謐，大家都注視著他。

「講完了嗎？」老先生疑惑的問。

「還沒。」志翔又說，「後來，大柱子立起來的第三天，一陣晴天霹靂，憑空一記響雷竟打中它，引發大火，把五千年巨木燒了。人們急忙引水滅火，但起火點在半空中，鞭長莫及，火勢盛大，波及一旁的樹林，連帶把神社都引燃了。等到火撲滅之後人們清理現場，赫然發現巨木灰燼裡頭竟然有一具人骨和斧頭。日本天皇聞訊嚇壞了，大臣們都認為是阿里山的樹靈報復砍伐的人，便急忙發電報到臺灣，通知高野他們加強祭拜樹靈塔，把原本三天的祭典，延長為一個月，並且下令，禁止人們談論這件可怕的事情。」

「這故事真好聽，真的還假的？」老先生又問。

「別忘了，威權統治者總是擅於竄改歷史。」志翔調皮的笑。

老先生拍手，全場接著響起熱烈掌聲。

老先生說：「我出八千跟你買。」

志翔搖頭。

有個太太馬上說：「我出一萬。」

「我一萬五。」老先生又說。

「兩萬。」太太堅定的說。

老先生瞪著她，著急的說：「兩萬五，兩萬五。」

「都太少，我不賣。」志翔抬起下巴，作勢走人。

「別走。」太太拉住志翔，「拜託，三萬。」

「這位太太，」拍賣官好奇的問她，「這位信界仙是修道人，需要高深的法器，你是我們舊貨攤的同行，你不怕買太貴難脫手嗎？」

「我剛才把故事錄下來了，」太太秀了秀手中的手機，「我有了這個故事，一定能賣出更好的價錢。」

「五萬！」老先生高舉右手，伸直五根指頭，並且怒目瞪視著太太。

「唉……」太太消了氣，全身虛脫的說：「無緣了。」

志翔說：「好，五萬一次，五萬兩次，五萬三次。恭喜信界仙，成交。」

老先生咧開嘴拍拍胸脯，鬆出一口氣。

「這位太太，」志翔鄭重的對她說，「請你把手機裡的錄音刪掉。」

「為什麼？」太太明顯不肯。

「你偷錄音。」志翔說：「這是我說的故事，是有智慧財產權的，你侵犯了我的權利，在場的每個人都是證人。」

「對，人家可以告你侵權。」老先生有點想報復似的，幸災樂禍的威嚇她。

「我可以跟你買這個故事嗎？」太太小心翼翼的問志翔，「雖然我沒有搶到扇子，但是我太喜歡它了。」

「好吧，七千。」志翔抿著嘴說。

「啊！好貴。」太太苦著臉。

「沒關係，不要就拉倒，你現在就當著我的面刪除吧。」志翔下令。

太太拿起手機，猶豫不決。

「三千！」她收起手機，面露凶光裝狠，殺起價來。

「八千。」志翔眼一斜，脖子一歪，淡定的抬價。

「啊！你你你！算你厲害，算你厲害。」太太不敢再出價了，趕緊從口袋掏錢，付給志翔。

老先生去一旁的提款機領錢，然後心甘情願的付了五萬元，從志翔手上拿走扇子。

志翔付了七千元給拍賣官，就帶美華離開。

「我的天哪！你不但把我爸滯銷的舊貨賣掉，還淨賺五萬一千元。」美華瘋狂尖叫：「你不是天才，你跟樹靈一樣，是妖怪。」

志翔開心的說：「謝謝讚美。」

兩人雀躍的往回走。

美華興奮的說：「你爸要是看見這五萬一，不知道會怎麼想？」

「你可不要說是我搶來的喔！」

「哈哈！你需要再掰個故事，說明錢的來源嗎？」

「不需要，照實講就好了。」

「我先跟我爸說。」美華開心的拿起手機打電話，跟爸爸報告這個好消息，同時跟志翔說：「我爸簡直不敢相信，說你太厲害了。」

一會兒後她又說：「我爸問你，你要的禮物，那套武俠小說叫什麼，他要去書店買給你。」

「我來說。」志翔接過手機，高興的說：「盧伯伯，那套書叫做《少年廚俠》……對，少年的廚師，又是功夫高強的大俠……謝謝你……」

講完手機後，兩人高興的邊走邊聊，很快的接近夏若迪的舊貨攤。

然而，遠遠的卻看見有兩個年輕人在攤子前大呼小叫，而夏若迪縮頭縮腦的頻頻向他們鞠躬，似乎在道歉。

其中一個年輕人高高舉起一個玻璃瓶，往地下砸。

「哐啷——」

「可惡，在搞什麼？」志翔又驚又氣，大吼一聲急奔過去。

（《瞎掰舊貨攤1：斷尾虎爺》全文完）

少年天下 ——— 075

瞎掰舊貨攤1：斷尾虎爺

作者｜鄭宗弦

責任編輯｜李幼婷
封面插畫設計｜DIDI
內文排版｜旭豐數位排版有限公司
行銷企劃｜劉盈萱

天下雜誌群創辦人｜殷允芃
董事長兼執行長｜何琦瑜
媒體暨產品事業群
總經理｜游玉雪
副總經理｜林彥傑
總編輯｜林欣靜
行銷總監｜林育菁
主編｜李幼婷
版權主任｜何晨瑋、黃微真

出版者｜親子天下股份有限公司
地址｜台北市104建國北路一段96號4樓
電話｜（02）2509-2800　傳真｜（02）2509-2462
網址｜www.parenting.com.tw
讀者服務專線｜（02）2662-0332　週一～週五：09:00~17:30
傳真｜（02）2662-6048　客服信箱｜parenting@cw.com.tw
法律顧問｜台英國際商務法律事務所・羅明通律師
製版印刷｜中原造像股份有限公司
總經銷｜大和圖書有限公司　電話：（02）8990-2588

出版日期｜2022年2月第一版第一次印行
2024年2月第一版第七次印行
定價｜320元
書號｜BKKNF068P
ISBN｜978-626-305-132-4（平裝）

訂購服務 ———
親子天下Shopping｜shopping.parenting.com.tw
海外・大量訂購｜parenting@cw.com.tw
書香花園｜台北市建國北路二段6巷11號　電話（02）2506-1635
劃撥帳號｜50331356　親子天下股份有限公司

國家圖書館出版品預行編目資料

瞎掰舊貨攤1：斷尾虎爺/鄭宗弦文. -- 第一版.
-- 臺北市：親子天下股份有限公司, 2022.02
240面；14.8X21公分. -- (少年天下；75)

ISBN 978-626-305-132-4 (平裝)

863.59　　110020293